Fun! Fun! Korean

高麗大學
韓國語 ②
Workbook

高麗大學韓國語文化教育中心　編著

朴炳善博士 陳慶智博士　翻譯、審訂

前言

한국어는 사용 인구면에서 세계 10대 언어에 속하는 주요 언어로, 지금도 많은 사람들이 세계곳곳에서 한국어를 배우고 있습니다. 이러한 한국어 학습 열기는 국제 사회에서 한국의 위상이 높아짐에 따라 앞으로 더욱 뜨거워질 것으로 전망합니다.

고려대학교 한국어문화교육센터는 설립 이래 30여 년간 다양한 학습자를 대상으로 한국어와 한국 문화를 교육해 왔으며, 체계적이고 효율적인 교수 방법으로 세계적으로 정평이 나 있습니다. 그리고 그동안 학습자에 따른 맞춤형 교육을 실시해 오면서 다양한 한국어 교재를 개발해 왔습니다.

이 교재는 한국어문화교육센터가 그동안 쌓아 온 연구와 교육의 성과를 바탕으로 개발한 것입니다.이 교재의 가장 큰 특징은 한국어 구조에 대한 이해와 다양한 말하기 연습을 바탕으로 학습자 스스로의사소통 활동을 할 수 있도록 구성했다는 점입니다. 이 교재를 통해 학습자는 다양한 의사소통 상황에서 성공적인 한국어 의사소통을 할 수 있는 능력을 기르게 될 것입니다.

이 교재가 나오기까지 참으로 많은 분들의 정성과 노력이 있었습니다. 무엇보다도 밤낮으로 고민하고 연구하면서 최고의 교재를 개발하느라 고생하신 저자들께 감사를 드립니다. 또한 고려대학교의모든 한국어 선생님들께도 깊은 감사를 드립니다. 이분들의 교육과 연구에 대한 열정과 헌신적인 노력이 없었다면 이 교재의 개발은 불가능했을 것입니다. 이 선생님들의 교육 방법론과 강의안 하나하나가이 교재를 개발하는 데 훌륭한 기초 자료가 되었습니다. 이 외에도 이 책이 보다 좋은 모습을 갖출 수있도록 도와 주신 번역자를 비롯해 편집자, 삽화가, 사진 작가들께 감사를 드립니다. 또한 한국어 교육에 관심과 애정을 가지고 이렇듯 훌륭한 교재를 출간해 주신 교보문고에도 큰 감사를 드립니다.

부디 이 책이 여러분의 한국어 학습에 큰 도움이 되기를 바라며, 한국어 교육의 발전에 새로운 이정표가될수있기를 바랍니다.

국제어학원장 **김기호**

前言

韓語就使用人口層面而言屬世界十大主要語言，現在也有很多人在世界各地學習韓語。這股韓語學習風潮隨著韓國國際地位的提升，放眼未來將會更加發光發熱。

自高麗大學韓國語文化教育中心設立30多年來，以來自不同背景的學習者為對象，教授韓語與韓國文化，並以有系統、有效率的教學方法廣受國際一致好評。同時這段期間為因應不同學習者而施行的個別教學法，也開發了各式各樣的韓語教材。

本教材是以韓國語文化教育中心這段期間累積下來的研究與教育成果為基礎所開發的。它最大的特色在於為了讓學習者達到溝通無礙的目標，透過了解韓語結構及豐富多元的口頭練習作為本教材的基礎結構。藉由這套教材培養溝通能力，讓學習者能因應各種情況隨心所欲地以韓語表達自己的想法。

多虧諸位人士的熱誠與努力，這套教材才得以問世。首先得感謝終日苦思、研究，為了開發最佳教材而勞心勞力的作者們。以及向高麗大學的所有韓語老師致上深深的謝意。如果沒有這群人對教育與研究投注的熱誠與奉獻精神，就不可能開發出這套教材。這群老師的教育方法論與授課中的一切成了開發這套教材時最佳的第一手資料。此外，也謝謝譯者、編輯、插畫家及攝影師們的協助，為本書更增添了不少可看性。同時也對關注、關愛韓語教育，為我們出版如此優秀教材的教保文庫表達無限感激。（註：原書在韓國為教保文庫出版。）

由衷希望本書能對各位在韓語學習上有所幫助，也期盼本書能成為韓語教育發展上新的里程碑。

國際語學院長 金基浩

凡例 일러두기

概要

　　《高麗大學韓國語Workbook 2》是一本讓韓語初學者易於學習語彙、表現及文法的輔助學習書籍。藉由日常生活當中常面臨的表現或主題，學習者將會有多樣的練習與複習的機會。特別是搭配使用以日常生活會話為主的《高麗大學韓國語 2》一書，將會有加倍的學習成效。同時，此輔助學習書是為了幫助學習者使用正確的文法，進而能正確地寫作，並且自然地提升韓語知識而編輯而成的。完成語彙、表現、文法等練習之後，將提供豐富的口說、閱讀、寫作練習等文章，幫助學習者培養溝通能力，進而發揮有效的對話功能。

目標

・使學習者熟悉正確的語彙、表現、文法形態。
・將焦點放在日常生活中所面臨的多種狀況，使學習者能根據各種情境，使用適當且正確的文法。
・以《高麗大學韓國語 2》中使用的表現與主題為基礎，透過各種的狀況練習口說、閱讀與寫作，以培養日常生活之溝通能力

單元結構

　　《高麗大學韓國語Workbook 2》由15個單元所構成。《高麗大學韓國語 2》15個單元中使用的基本主題和表現大致可分成兩個部分，第一部分為語彙、表現及文法練習相關之內容。第二部分則是為了使學習者能有效地進行溝通，而實施的口說、閱讀及寫作練習相關之內容。此外，本輔助學習書每5課提供一次綜合練習，讓學習者複習並完全熟練前5課所學的內容。各單元由下列的內容所組成：

目標 ▶ 語彙與表現練習 ▶ 文法練習 ▶ 口說練習 ▶ 閱讀練習 ▶ 寫作練習

目標	透過各單元詳細的目標和內容說明，學習者可以在學習前知道要學什麼。
語彙與表現練習	此部分設計的目的是讓學習者透過豐富的練習和複習，熟悉從教科書中學到的表現、語彙意義以及結構。語彙與表現根據它的意義做了範疇的分類，這讓學習者能輕易地熟悉語彙及表現的意義。
文法練習	此部分針對文法而分為兩大項，一是將焦點放在單字的邏輯性連結上，另一個焦點則是放在出現於教科書中、且合於文法的正確單字安排上。教科書練習問題中所提的情況，主要是著重在主教材的基本表現與主題。但相反的，本輔助學習書則是為了應付那情況外所需的文法，而建構出跳脫特定主題或內容的練習機會。藉由這些練習，學習者將能夠使用適切且正確的文法。
口說練習	此部分藉由教科書中所學的主題和語言技巧，讓學習者獨自練習和培養自身的對話能力。從韓語中必要且核心的簡短小對話開始，使學習者可以漸漸提升溝通能力，並瞭解對話形成的原理。
閱讀練習	此部分學習者將以在教材中學到的表現與主題為基礎，獨自組織與練習對話的內容，而達到提升語言能力的目標。此外，藉由在使用韓語上所需的簡短對話，讓學習者漸漸提升溝通的能力，並且瞭解對話形成的原理。
寫作練習	此部分讓學習者能藉由教科書中學到的表現和主題，達到獨自造句及完成文章的目標。此寫作部分除了提供學習者在文章中所需的語彙、表現及文法外，也提示了文章結構與形成的方法。透過這些寫作練習，學習者將可以瞭解文章段落形成的原理，也能培養出獨自書寫文章的能力。

차례

교재 구성

단원	주제	기능	어휘
1 자기소개	자기소개	• 공식/비공식 상황에서 자기소개하기	• 전공 • 직업
2 취미	취미	• 취미에 대해 이야기하기	• 취미 • 빈도
3 날씨	날씨	• 날씨 추측하기/비교하기 • 일기예보 이해하기 • 날씨 기호 설명하기	• 날씨 • 날씨 관련 활동
4 물건 사기	물건 사기	• 시장에서 물건 사기 • 사고 싶은 옷에 대해 묻고 답하기	• 옷 • 과일 이름
5 길 묻기	위치	• 위치 묻기 • 어떤 장소의 위치 설명하기	• 이동 • 교통 표지

종합 연습 I

단원	주제	기능	어휘
6 안부 · 근황	안부 · 근황	• 안부 묻고 답하기 • 근황 묻고 답하기	• 안부, 근황 관련 표현
7 외모 · 복장	외모 · 복장	• 외모에 대해 이야기하기 • 복장에 대해 이야기하기	• 외모, 탈착 관련 표현
8 교통	교통	• 교통수단 묻기 • 교통수단을 설명하기	• 교통 관련 표현

문법	활동
• −네요 • −고 있다 • −이/가 아니다 • −이/가 되다	• 말하기 : 개인정보 교환하기, 자기소개하기 • 읽기 : 자기소개글 읽기 • 쓰기 : 자기소개 쓰기
• −(으)ㄹ 수 있다/없다 • −(으)ㄹ 때 • −(이)나 • −기 때문에	• 말하기 : 취미에 대해 묻고 답하기 • 읽기 : 취미를 설명하는 글 읽기 • 쓰기 : 그림을 보고 취미를 소개하는 글 쓰기
• −(으)ㄹ 까요 • −는/(으)ㄴ • −(으)ㄹ 것 같다 • −아/어/여지다	• 말하기 : 좋아하는 날씨 이야기하기 　　　　　날씨 비교하기 • 읽기 : 주간 일기 예보 읽기 • 쓰기 : 좋아하는 날씨와 싫어하는 날씨 쓰기
• −짜리 • −어치 • −는/(으)ㄴ 것 같다 • −(으)니까	• 말하기 : 시장이나 백화점 등에서 물건 사기 • 읽기 : 쇼핑에 대한 글 읽기 • 쓰기 : 쇼핑 목록을 보고 쇼핑한 물건에 대한 글 쓰기
• −(으)면 되다 • −아/어/여서 • −(으)면 • −지만	• 말하기 : 건물 위치에 대하여 묻고 답하기 • 읽기 : 집의 위치를 소개한 글 읽기 • 쓰기 : 백화점의 위치를 설명하는 글 쓰기
• −아/어여 • −았/었/였어 • −(이)야, −자 • −지, −(으)래, −(으)ㄹ까, 　−(으)ㄹ게	• 말하기 : 안부와 근황을 묻고 답하기 • 읽기 : 안부와 근황에 대한 편지글 읽기 • 쓰기 : 메모를 보고 근황에 대한 편지 쓰기
• −는/은 편이다 • −(으)ㄴ • −처럼 • ㄹ 불규칙	• 말하기 : 외모에 대해 말하기, 오늘의 복장에 대해 말하기, 　　　　　좋아하는 외모에 대해 말하기 • 읽기 : 옷 잘 입는 법 읽기 • 쓰기 : 친구의 외모와 복장에 대해 쓰기
• −기는 하다 • −는 게 좋겠다 • −는/(으)ㄴ데 • −마다	• 말하기 : 교통 정보 묻기, 교통 정보 알려주기, 　　　　　교통수단 알아내기 • 읽기 : 교통수단 설명하는 글 읽기 • 쓰기 : 친구에게 교통 정보 주기

단원	주제	기능	어휘
9 기분 · 감정	기분 · 감정	• 기분 및 감정에 대하여 이야기 하기 • 축하나 격려하기	• 기분, 감정 관련 표현
10 여행	여행	• 여행 경험 소개하기	• 여행지 • 느낌
종합 연습 II			
11 부탁	부탁하기	• 부탁하기 • 부탁을 들어주거나 거절하기	• 부탁 및 거절 • 부탁 내용
12 한국 생활	한국 생활	• 한국에서의 체류 기간 이야기하기 • 한국에 온 목적 이야기하기 • 한국 생활의 즐거움과 어려움 표현 하기	• 사는 곳의 종류
13 도시	도시	• 도시에 대해 말하기 • 도시의 특징에 대해 설명하기	• 방위 • 도시 • 도시의 특징
14 치료	치료	• 병의 원인과 증상 이야기하기 • 약 사기 • 친구에게 치료 방법 추천하기	• 외상, 치료, 소화 관련 질환
15 집 구하기	집 구하기	• 이사에 대하여 이야기하기 • 부동산 중개소에서 집에 대하여 이야기하기 • 집 보러 다니기	• 집의 구조 • 이사 • 집의 특징
종합 연습 III			

문법	활동
• '-' 불규칙 • -(으)면서 • -겠- • -지 않다 • -(으)ㄹ까 봐	• 말하기 : 기분 및 감정에 대하여 묻고 답하기 • 읽기 : 고민에 대하여 쓴 이메일의 내용 파악하기 • 쓰기 : 마이클 씨의 기분을 설명하는 글 쓰기
• -거나 • -(으)ㄴ 적이 있다/없다 • -아/어/여 있다 • 밖에 안/못/없다	• 말하기 : 여행 경험에 대해 묻고 답하기 • 읽기 : 여행 경험에 대한 글 읽기 • 쓰기 : 여행 일정을 보고 여행을 소개하는 글 쓰기
• -는/(으)ㄴ데 • -아/어/여 주다 • -기는요 • -(이)든지	• 말하기 : 부탁하는 내용의 대화하기 • 읽기 : 부탁하는 내용의 메모 읽기 • 쓰기 : 친구에게 부탁하는 내용의 글 쓰기
• -(으)ㄴ 지 (시간) 되다 • -(으)려고 • -게 되다 • -기로 하다	• 말하기 : 한국 생활에 대해 묻고 답하기 • 읽기 : 한국 생활에 대한 이메일 읽기 • 쓰기 : 한국 생활에 대한 설문지를 보고 한국 생활을 소개하는 글 쓰기
• -다 체	• 말하기 : 도시에 대해 말하기, 살고 싶은 도시 이야기하기, 고향 설명하기 • 읽기 : 도시 소개 읽기 • 쓰기 : 고향 소개하는 글 쓰기
• -(으)ㄹ • 때문에 • -(으)ㄹ 테니까 • 아무 -도	• 말하기 : 병의 증상, 원인, 치료법에 대하여 대화하기 • 읽기 : 치료법에 대한 잡지 기사 읽기 • 쓰기 : 토마스 씨의 하루를 설명하는 글 쓰기
• -(으)ㄹ까 하다 • -았/었/였으면 좋겠다 • -만큼 • -에 비해서	• 말하기 : 원하는 집을 설명하거나 집을 구하는 대화하기 • 읽기 : 하숙집 광고 읽기 • 쓰기 : 방 친구를 구하는 글 쓰기

제1과 자기소개

학습 목표
처음 만난 사람에게 다양한 상황에서 자기소개를 할 수 있다.

주제	자기소개
기능	공식/비공식 상황에서 자기소개하기
연습	말하기 : 개인정보 교환하기
	자기소개하기
	읽기 : 자기소개글 읽기
	쓰기 : 자기소개 쓰기
어휘	전공, 직업
문법	-네요, -고 있다, -이/가 아니다, -이/가 되다

제1과 **자기소개**

1 그림을 보고 알맞은 말을 연결하세요.

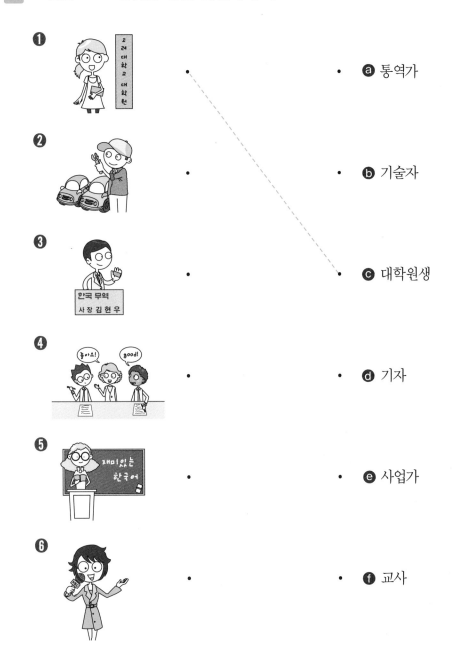

2 다음 〈보기〉에서 알맞은 말을 골라 넣으세요.

동아시아학	법학	한국어교육학
경영학	신문방송학	일어일문학

❶ 가: 왜 _____을 전공하세요?

　 나: 나중에 변호사가 되고 싶어서요.

❷ 가: _____을 전공하세요?

　 나: 네. 나중에 한국어 교사가 되고 싶어요.

❸ 가: 무엇을 전공해요?

　 나: _____을 전공해요. 마케팅 회사에서 일하고 싶어요.

❹ 가: _____을 전공하셨어요?

　 나: 아니요. 전공은 안 했지만 2년 동안 일본어를 배웠어요.

❺ 가: 린다 씨는 어떻게 한국과 일본의 역사를 그렇게 잘 알아요?

　 나: 제 전공이 _____이에요.

❻ 가: 김 기자님은 대학에서도 _____을 전공하셨어요?

　 나: 네. 고등학교 때부터 기자가 되고 싶었어요.

−네요

1 〈보기〉와 같이 이야기한 후에 쓰세요.

> 보기
>
> 학생이다 ➡ <u>학생이네요.</u>

❶ 회사원이시다 ➡ _____

❷ 한국어 발음이 좋다 ➡ _____

❸ 고려대학교를 졸업했다 ➡ _____

❹ 키가 크시다 ➡ _____

❺ 친구가 많다 ➡ _____

❻ 집이 학교에서 가깝다 ➡ _____

2 〈보기〉와 같이 이야기한 후에 쓰세요.

> 가 : 고려대학교 어때요? 아름답지요?
>
> 나 : 네. 학교가 정말 크고 *아름답네요.*

❶ 가: 한국어를 _____

　 나: 아니에요. 아직 잘 못해요.

❷ 가: 회사 일 어때요? 많이 바빠요?

　 나: 네, 요즘 좀 _____. 그래서 좀 힘들어요.

❸ 가: 육개장을 잘 _____

　 나: 네. 맵지만 맛있어서 잘 먹어요.

❹ 가: 태권도를 배우는 거 많이 힘들어요?

　 나: 네, _____. 하지만 정말 재미있어요.

❺ 가: 밍밍 씨, 학교에 일찍 _____

　 나: 네. 오늘 공부할 것을 먼저 읽어 보려고 좀 일찍 왔어요.

❻ 가: 제가 많이 _____. 미안해요.

　 나: 괜찮아요. 저도 조금 전에 왔어요.

🖊 –고 있다

1 〈보기〉와 같이 이야기한 후에 쓰세요.

> **보기**
>
> 한국어를 공부하다 ➡ <u>한국어를 공부하고 있어요.</u>

❶ 병원에서 일하다 ➡ _____

❷ 사회학을 전공하다 ➡ _____

❸ 취직을 준비하다 ➡ _____

❹ 학생들을 가르치다 ➡ _____

❺ 아파서 쉬다 ➡ _____

❻ 이메일을 보내다 ➡ _____

2 그림을 보고 〈보기〉와 같이 이야기한 후에 쓰세요.

> 보기
>
> 가: 지금 무슨 일을 하세요?
>
> 나: 고려대학교에서 <u>공부하고 있어요</u>.

❶

가: 어디에서 일하세요?

나: _____

❷

가: 린다 씨는 뭘 전공해요?

나: _____

❸

가: 어느 회사에 다녀요?

나: _____

❹

가: 수미 씨, 지금 뭐 해요?

나: 감기에 걸려서 집에서 _____

❺

가: 숙제를 다 했어요?

나: 아니요. 지금 _____

❻

가: 왜 전화를 안 받았어요?

나: _____

–이/가 아니다

1 〈보기〉와 같이 이야기한 후에 쓰세요.

> **보기**
> 전공이 역사학이다 ➡ 전공이 역사학이 아니에요.

❶ 직업이 의사이다 ➡ _____

❷ 친구는 미국인이다 ➡ _____

❸ 동생은 대학생이다 ➡ _____

❹ 고향이 하노이이다 ➡ _____

❺ 회사 이름이 한국컴퓨터이다 ➡ _____

❻ 이 가방은 제 것이다 ➡ _____

2 그림을 보고 〈보기〉와 같이 이야기한 후에 쓰세요.

보기

가: 여자 친구가 미국 사람이에요?

나: 아니요. <u>미국 사람이 아니라</u>

<u>영국 사람이에요.</u>

(✗)　　　　(○)

❶

가: 영준 씨 동생은 학생이에요?

나: 아니요. _____

(✗)

❷

가: 밍밍 씨는 고향이 베이징이에요?

나: 아니요. _____

(✗)

❸

가: 현우 씨도 자동차 회사에 다니고 싶어요?

나: 아니요. 저는 _____

(✗)　　　　(○)

❹

가: 병원에서 일하세요?

나: 아니요. _____

(✗)　　　　(○)

❺

가: 지금 학교 기숙사에 살고 있어요?

나: 아니요. _____

(✗)　　　　(○)

❻

가: 오늘 목요일이에요?

나: 아니요. _____

✏️ –이/가 되다

1 〈보기〉와 같이 이야기한 후에 쓰세요.

> **보기**
> 한국어 선생님 ➡ 한국어 선생님이 되고 싶어요.

❶ 회사원　　➡ _____

❷ 기술자　　➡ _____

❸ 번역가　　➡ _____

❹ 관광안내원　➡ _____

2 〈보기〉와 같이 이야기한 후에 쓰세요.

> **보기**
> 가: 한국어학을 전공하고 있어요? (교수)
> 나: 네. 나중에 한국어학과 교수가 되고 싶습니다.

❶ 가: 일본문학을 전공하고 있어요? (번역가)

　나: 네. _____

❷ 가: 나중에 어떤 일을 하고 싶어요? (신문 기자)

　나: 졸업 후에 _____

❸ 가: 와! 벌써 12시에요. 어느새 _____ (점심시간)

　나: 정말이네요. 그럼 우리 점심 먹고 계속 할까요?

❹ 가: 저도 좋은 엄마가 될 수 있을까요? (엄마)

　나: 그럼요. 수미 씨는 아이들을 좋아하니까 _____

1 그림을 보고 이야기한 후 쓰세요.

1) 가: _____

   한국전자 이영준입니다.

   나: 안녕하세요. 저는 제일광고 정혜원입니다.

   가: 만나서 반갑습니다.

   나: 저도 _____

   앞으로 잘 부탁드립니다.

2) 가: 린다 씨는 전공이 국제관계학 맞지요?

   나: 네, 그렇지만 지금은 대학원에서

   _____

   가: 아, 전공을 바꾸셨군요.

   나: 네, 국제관계학보다 한국학이 더 재미있습니다.

   가: 그런데 _____

   나: 감사합니다. 3년 동안 한국어를 공부했습니다.

3) 가: 안녕하세요. 저는 왕밍밍이라고 합니다.

   나: 안녕하세요. 저는 김수미입니다.

   왕밍밍 씨는 베이징에서 왔어요?

   가: 아니요. 저는 _____ 상하이에서 왔어요.

   지금은 고려대학교에 다니고 있어요.

   나: 아, 그러세요? 전공이 어떻게 되세요?

   가: 저는 한국어교육학을 _____

   나: 그러세요? 그러면 나중에 한국어 선생님이 _____?

   가: 네, 꼭 되고 싶어요.

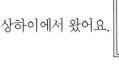

1 다음은 마이클 스미스 씨가 자신을 소개하는 글입니다. 잘 읽고 내용을 파악해 봅시다.

> 안녕하세요. 저는 마이클 스미스입니다. 미국 시애틀에서 왔습니다. 1년 전에 워싱턴대학교 동아시아학과를 졸업했습니다. 한국어와 한국 역사를 공부했고 일본어도 좀 배웠습니다. 지금은 고려대학교에서 한국어를 공부하고 있습니다. 한국어는 어렵지만 정말 재미있습니다. 제 꿈은 외교관이 되는 것입니다. 앞으로 한국어 공부를 더 열심히 할 것입니다. 그리고 한국 문화도 많이 배우고 싶습니다.

1) 마이클 씨는 워싱턴대학교에서 중국어를 공부했습니다. ☐ O ☐ X

2) 마이클 씨는 고려대학교에서 동아시아학을 전공하고 있습니다. ☐ O ☐ X

3) 마이클 씨는 외교관이 되고 싶어서 한국어와 한국문화를 공부하고 있습니다.

☐ O ☐ X

쓰기 연습

1 다음은 왕몽 씨에 대한 내용입니다. 이 내용을 바탕으로 소개글을 써 보세요.

> 이름 : 왕몽 (중국, 상하이)
>
> 학교 : 2007년 북경대학교 국제관계학과 졸업
>   2008년 고려대학교 대학원 신문방송학과 입학
>
> 꿈 : 신문 기자

1) 왕몽 씨에 대해서 알 수 있는 내용은 무엇입니까?

(1) 이름은 _____

(2) 중국 _____

(3) _____

(4) _____

(5) _____

2) 위에서 메모한 내용을 바탕으로 여러분이 왕몽 씨가 되었다고 생각하고 자기 소개글을 써 보십시오.

_____

_____

_____

_____

제2과 취미

학습 목표
취미와 여가 활동에 대해 이야기할 수 있다.

주제	취미
기능	취미에 대해 이야기하기
연습	말하기 : 취미에 대해 묻고 답하기
	읽기 : 취미를 설명하는 글 읽기
	쓰기 : 그림을 보고 취미를 소개하는 글 쓰기
어휘	취미, 빈도
문법	-(으)ㄹ 수 있다/없다, -(으)ㄹ 때, -(이)나, -기 때문에

제2과 취미

1 그림을 보고 알맞은 말을 연결하세요.

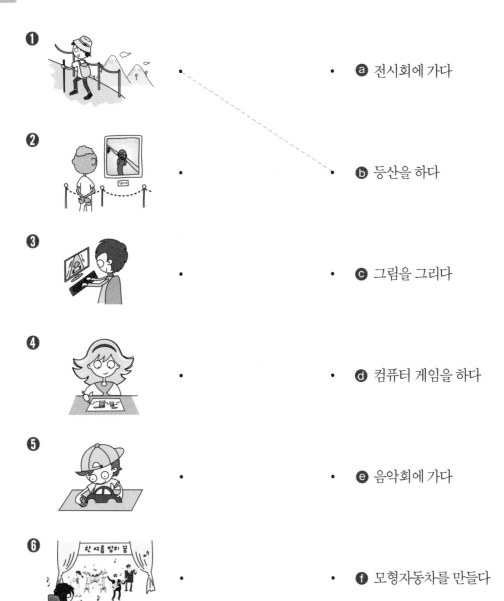

❶   •   • ⓐ 전시회에 가다

❷   •   • ⓑ 등산을 하다

❸   •   • ⓒ 그림을 그리다

❹   •   • ⓓ 컴퓨터 게임을 하다

❺   •   • ⓔ 음악회에 가다

❻   •   • ⓕ 모형자동차를 만들다

2 미키 씨는 시간이 있을 때 무엇을, 얼마나 자주 해요? 그림을 보고 〈보기〉의 표현을 골라 이야기한 후에 쓰세요.

보기

자주   언제나   전혀 안   거의 안   가끔

	일요일	월요일	화요일	수요일	목요일	금요일	토요일
		V		V	V	V	V
	V	V	V	V	V	V	V
		V			V		

❶ 가: 요즘도 기타를 자주 쳐요?

나: 네. 저는 기타를 치는 것을 좋아해서 ___자주___ 기타를 쳐요.

❷ 가: 운동을 자주 해요?

나: 네. 저는 저녁을 먹은 후에 _____ 운동을 해요.

❸ 가: 요즘도 전시회에 자주 가요?

나: 아니요. 요즘은 시간이 없어서 _____ 가요.

❹ 가: 책을 자주 읽어요?

나: 아니요. 좀 바빠서 _____ 책을 읽어요.

❺ 가: 산에 자주 가요?

나: 아니요. 요즘은 날씨가 너무 추워서 _____ 가요.

문법

-(으)ㄹ 수 있다/없다

1 그림을 보고 〈보기〉와 같이 이야기한 후에 쓰세요.

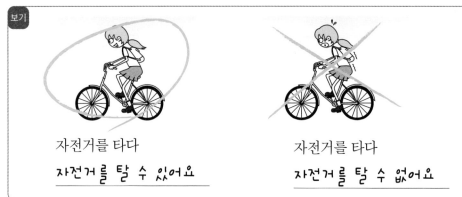

> 보기
>
> 자전거를 타다
> 자전거를 탈 수 있어요
>
> 자전거를 타다
> 자전거를 탈 수 없어요

❶ ➡ 한국 소설을 읽다 _____

❷ ➡ 종이 비행기를 접다 _____

❸ ➡ 바이올린을 켜다 _____

❹ ➡ 한국 노래를 부르다 _____

❺ ➡ 재즈 댄스를 추다 _____

❻ ➡ 하모니카를 불다 _____

2 〈보기〉와 같이 이야기한 후에 쓰세요.

> 보기
>
> 가: 영준 씨도 피아노를 못 쳐요?
>
> 나: 아니요, 저는 <u>피아노를 칠 수 있어요.</u>

❶ 가: 수미 씨는 어떤 외국어를 할 수 있어요?

　 나: 고등학교에 다닐 때 독일어를 배웠어요. 그래서 _____

❷ 가: 토마스 씨도 테니스를 못 쳐요?

　 나: 아니요, 저는 _____

❸ 가: 왕몽 씨, 컴퓨터 게임을 못 해요?

　 나: 잘 못 하지만, 그 게임은 _____

❹ 가: 밍밍 씨도 한국 음식을 못 만들어요?

　 나: 아니요, 저는 한국 음식을 _____

❺ 가: 지금 은행에서 돈을 찾을 수 있어요?

　 나: 아니요, 지금은 시간이 늦어서 _____

❻ 가: 도서관에서 책을 빌렸어요?

　 나: 아니요, 그 책이 도서관에 없어서 _____

✏️ -(으)ㄹ 때

1 〈보기〉와 같이 이야기한 후에 쓰세요.

> **보기**
>
> 시간이 있다 ➡ <u>시간이 있을 때</u> 운동을 해요.

❶ 바쁘다 ➡ _____ 택시를 타요.

❷ 아침을 먹다 ➡ _____ 신문을 봐요.

❸ 시간이 많다 ➡ _____ 쇼핑을 해요.

❹ 모형자동차를 만들다 ➡ _____ 기분이 좋아요.

❺ 날씨가 덥다 ➡ _____ 수영장에 자주 가요.

❻ 시간이 없다 ➡ _____ 빵을 먹어요.

❼ 집에 다 오다 ➡ _____ 비가 왔어요.

❽ 학교에 도착하다 ➡ _____ 수업이 끝났어요.

2 그림을 보고 〈보기〉와 같이 이야기한 후 써 보세요.

보기

가: 음악을 자주 들어요?

나: 네. 책을 읽을 때 음악을 들어요.

❶

가: 언제 운동을 해요?

나: _____

❷

가: _____ 뭐가 먹고 싶어요?

나: 저는 따뜻한 김치찌개가 먹고 싶어요.

❸

가: 언제 부모님 생각이 나요?

나: _____

❹

가: _____

나: 저는 지하철을 타고 와요.

❺

가: 수미 씨가 언제 전화했어요?

나: _____

❻

가: 그 이야기는 언제 들었어요?

나: 어제 수미 씨를 _____

✏ –(이)나

1 〈보기〉와 같이 이야기한 후에 쓰세요.

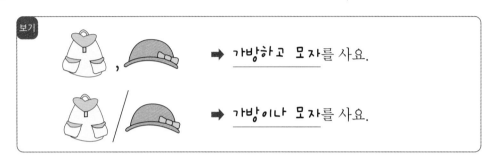

보기

➡ <u>가방하고 모자</u>를 사요.

➡ <u>가방이나 모자</u>를 사요.

❶  ➡ _____ 를 켜요.

❷  ➡ _____ 를 해요.

❸  ➡ _____ 를 쳐요.

❹  ➡ _____ 를 봐요.

❺  ➡ _____ 을 읽어요.

❻  ➡ _____ 를 타요.

2 〈보기〉와 같이 이야기한 후 써 보세요.

> 보기
>
> 드라마 / 영화 ➡ 가: 시간이 있을 때 보통 뭘 해요?
>
> 나: 드라마나 영화를 봐요.

❶ 공원 / 운동장 ➡ 가: 어디에서 산책을 해요?

나: _____

❷ 책 / 신문 ➡ 가: 시간이 있을 때 뭘 해요?

나: _____

❸ 수영 / 농구 ➡ 가: 운동을 자주해요?

나: 네. 건강에 좋기 때문에 _____

❹ 기타 / 피아노 ➡ 가: 크리스나 씨도 하모니카를 불 수 있어요?

나: 아니요. 하모니카는 못 불지만

_____

❺ 바다 / 산 ➡ 가: 이번 토요일에 어디에 갈 거예요?

나: _____

❻ 된장찌개 / 김치찌개 ➡ 가: 뭘 먹고 싶어요?

나 : 날씨가 추워서 _____

✏️ -기 때문에

1 〈보기〉와 같이 이야기한 후 써 보세요.

> **보기**
>
> 내일 시험이 있어요. 그래서 열심히 공부했어요.
>
> ➡ *내일 시험이 있기 때문에 열심히 공부했어요.*

❶ 시간이 별로 없어요. 그래서 운동을 자주 못 해요.

➡ _____

❷ 요리하는 것을 좋아해요. 그래서 집에서 음식을 자주 만들어요.

➡ _____

❸ 그림을 보는 것을 좋아해요. 그래서 시간이 있을 때 전시회에 가요.

➡ _____

❹ 한국어를 공부할 수 있어요. 그래서 한국 드라마를 열심히 봐요.

➡ _____

❺ 어제는 많이 아팠어요. 그래서 학교에 못 갔어요.

➡ _____

❻ 점심을 많이 먹었어요. 그래서 아직 배가 안 고파요.

➡ _____

2 〈보기〉와 같이 이야기한 후 써 보세요.

> **보기**
>
> 한국음식을 좋아하다
>
> 가: 한국 요리를 자주 해요?
>
> 나: 네, <u>한국 음식을 좋아하기 때문에 한국 요리를 자주 해요.</u>

❶ 한국어 연습을 할 수 있다

가: 한국 영화 보는 것을 좋아해요?

나: 네. _____

❷ 건강에 좋다

가: 등산을 자주 해요?

나: 네. _____

❸ 회사 일이 바쁘다

가: 요즘도 음악회에 자주 가요?

나: 아니요. 요즘 _____

❹ 잠을 못 자다

가: 졸려요?

나: 네. 어제 _____

❺ 방학이다

가: 여행을 자주 해요?

나: 네. 요즘 _____

말하기 연습

1 그림을 보고 이야기한 후 쓰세요.

1) 가: 취미가 뭐예요?

　　나: _____

　　가: 얼마나 자주 해요?

　　나: _____

일주일, 2~3번씩

2) 가: 지민 씨는 시간이 있을 때 뭘 해요?

　　나: 저는 하모니카를 부는 것을 좋아해요.

　　　　그래서 _____

　　　　현우 씨도 _____

　　가: 아니요, 저는 하모니카를 못 불어요.

지민　　　　현우

3) 가: 시간이 날 때 보통 뭘 해요?

　　나: _____

　　가: 왜 수영을 해요?

　　나: _____

　　가: 얼마나 자주 수영을 해요?

　　나: 일주일에 _____.

1 다음은 나와 린다 씨의 취미에 대한 설명입니다. 다음을 잘 읽고 맞으면 ○, 틀리면 ×에 표시하세요.

> 저는 우리 반에서 린다 씨와 제일 친합니다. 처음에는 서로 잘 몰랐지만 취미를 이야기한 후 친해졌습니다. 우리는 한국 드라마를 보는 것을 좋아합니다. 한국 문화를 더 많이 배울 수 있기 때문에 드라마를 자주 봅니다. 그리고 저와 린다 씨는 여행도 좋아합니다. 그래서 시간이 있을 때 같이 여행도 갑니다. 우리는 한국 음식을 만드는 것도 좋아합니다. 그래서 한국 친구에게 한국 음식을 만드는 것을 배웠습니다. 저는 린다 씨가 있어서 한국 생활이 정말 즐겁습니다.

1) 두 사람은 취미가 같습니다. ○ ×

2) 이 사람은 처음부터 린다 씨와 친하게 지냈습니다. ○ ×

3) 이 사람은 한국 드라마를 보고 요리를 배웠습니다. ○ ×

1 그림을 보고 영준 씨의 취미를 설명하는 글을 쓰세요.

일요일	월요일	화요일	수요일	목요일	금요일	토요일
						음악회

1) 다음 질문에 답하세요.

	영준
시간이 날 때 무엇을 해요?	
얼마나 자주 해요?	
누구하고 같이 해요?	
왜 시간이 날 때 이 일을 해요?	나도 음악회를 열고 싶어요

2) 메모를 보고 영준 씨의 취미를 소개하는 글을 쓰세요.

_____

_____

_____

제3과 날씨

학습 목표
날씨에 대해 말하고 일기예보를 이해할 수 있다.

주제	날씨
기능	날씨 추측하기/비교하기
	일기예보 이해하기
	날씨 기호 설명하기
연습	말하기 : 좋아하는 날씨 이야기하기
	날씨 비교하기
	읽기 : 주간 일기 예보 읽기
	쓰기 : 좋아하는 날씨와 싫어하는 날씨 쓰기
어휘	날씨, 날씨 관련 활동
문법	-(으)ㄹ 까요, -는/(으)ㄴ, -(으)ㄹ 것 같다, -아/어/여지다

제3과 날씨

1 그림을 보고 알맞은 말을 연결하세요.

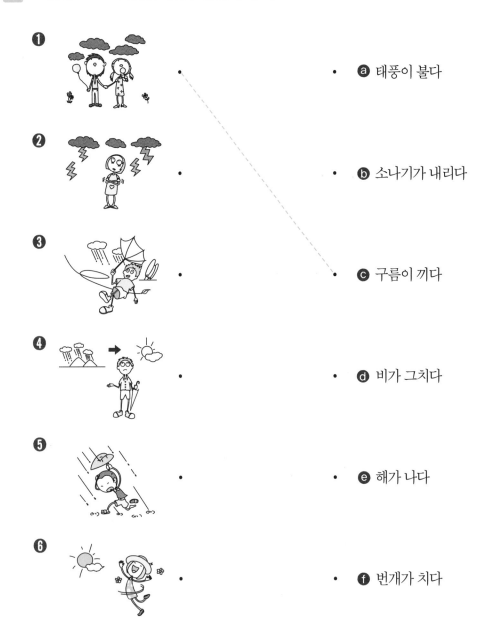

❶ ⟶ ⓒ 구름이 끼다

ⓐ 태풍이 불다

❷

ⓑ 소나기가 내리다

❸

ⓒ 구름이 끼다

❹

ⓓ 비가 그치다

❺

ⓔ 해가 나다

❻

ⓕ 번개가 치다

2 다음 〈보기〉에서 알맞은 말을 골라 넣으세요.

> **보기**
>
> 난방을 하다   나들이 가다   세차를 하다
>
> 땀이 나다   손이 시리다   길이 미끄럽다

❶ 가: 날씨가 꽤 추워졌지요?

　　나: 네. 그래서 지난주부터 방에 _____

❷ 가: 오랜만에 해가 났는데 _____

　　나: 네. 지난주에 비가 와서 차가 많이 더러워요.

❸ 가: 어제 눈이 많이 와서 _____

　　나: 그럼, 차를 안 가지고 갈게요.

❹ 가: 추운 날을 좋아해요?

　　나: 아니요. 추운 날은 _____ 싫어요.

❺ 가: 날씨가 정말 좋네요.

　　나: 그럼 오랜만에 근처 공원으로 _____

❻ 가: 날씨가 너무 더워요.

　　나: 네. 날씨가 더워서 자꾸 _____

–는/(으)ㄴ

1 〈보기〉와 같이 이야기한 후에 쓰세요.

> **보기**
>
> 눈이 오다 / 날 ➡ <u>눈이 오는 날</u>
>
> 예쁘다 / 꽃 ➡ <u>예쁜 꽃</u>

❶ 날씨가 좋다 / 날 ➡ _____

❷ 바람이 불다 / 날씨 ➡ _____

❸ 저녁을 먹다 / 시간 ➡ _____

❹ 흐리다 / 날씨 ➡ _____

❺ 친구를 만나다 / 날 ➡ _____

❻ 시험이 있다 / 달 ➡ _____

❼ 일본인이다 / 친구 ➡ _____

❽ 가깝다 / 식당 ➡ _____

2 〈보기〉와 같이 이야기한 후 쓰세요.

> **보기**
>
> 가: 비가 올 때는 뭘 먹고 싶어요?
>
> 나: <u>비가 오는 날</u>에는 김치찌개를 먹고 싶어요.

❶ 가: 날씨가 정말 덥지요? 한국 사람들은 이런 날에 뭘 먹어요?

　 나: 이렇게 _____에는 삼계탕이나 냉면을 먹어요.

❷ 가: 비를 맞아서 옷이 다 젖었어요.

　 나: _____을 입고 있으면 감기에 걸려요.

❸ 가: 바람이 좀 많이 부네요.

　 나: 그런데 저는 이렇게 _____을 좋아해요.

❹ 가: 날씨가 정말 좋네요.

　 나: 네. 요즘 이렇게 _____이 자주 없었지요.

❺ 가: 어떤 사람을 만나고 싶어요?

　 나: 저는 운동하는 것을 좋아해요.

　　 그래서 _____을 만나고 싶어요.

❻ 가: 어느 식당의 음식이 맛있을까요?

　 나: 사람이 _____이 맛있는 식당이에요.

✏️ –(으)ㄹ까요

1 그림을 보고 〈보기〉와 같이 이야기한 후에 쓰세요.

> **보기**
>
> 주말에 따뜻하다 ➡ <u>주말에 따뜻할까요?</u>

① 바람이 불다

➡ _____

② 내일도 덥다

➡ _____

③ 주말에 날씨가 좋다

➡ _____

④ 밤에 비가 왔다

➡ _____

2 〈보기〉와 같이 이야기한 후에 쓰세요.

<보기>
가: 영진 씨가 학교에 <u>올까요?</u>

나: 네, 아마 올 거예요.

❶ 가: 내일도 _____

　　나: 네, 내일도 날씨가 좋을 거예요.

❷ 가: 제주도에 _____

　　나: 아니요, 제주도에는 눈이 안 올 거예요.

❸ 가: 어제 강릉도 _____

　　나: 아니요, 바다 근처에 있어서 기온이 낮았을 거예요.

❹ 가: 영진 씨한테 누가 연락할래요?

　　나: 제가 _____

❺ 가: 이번에도 _____

　　나: 네, 이번에도 시험은 어려울 거예요.

❻ 가: 누가 _____

　　나: 글쎄요, 아마 저 사람이 소라 씨 남자친구일 거예요.

✏️ -(으)ㄹ 것 같다

1 〈보기〉와 같이 이야기한 후에 쓰세요.

> **보기**
>
> 날씨가 좋다 ➡ <u>날씨가 좋을 것 같아요.</u>

❶ 내일은 흐리다   ➡ _____

❷ 날씨가 맑다   ➡ _____

❸ 회사원이다   ➡ _____

❹ 바람이 불다   ➡ _____

❺ 내일도 춥다   ➡ _____

❻ 제주도에도 눈이 왔다   ➡ _____

2 〈보기〉와 같이 이야기한 후에 쓰세요.

> **보기**
>
> 가: 내일도 비가 올까요?
>
> 나: 아니요, 내일은 <u>비가 안 올 것 같아요.</u>

❶ 가: 오늘은 날씨가 _____

　나: 네. 아마 맑을 거예요.

❷ 가: 내일도 날씨가 추울까요?

　나: 아니요. 별로 _____

❸ 가: 내일 날씨가 _____

　나: 네, 아마 내일도 흐릴 거예요.

❹ 가: 이번 주말에 등산 갈래요?

　나: 등산을 가고 싶지만 눈이 와서 길이 _____

❺ 가: 저기 모자를 쓰고 있는 사람이 니콜라 씨예요?

　나: 글쎄요, 잘 모르지만 그 사람이 _____

❻ 가: 미라 씨가 음식을 다 만들었을까요?

　나: 네. _____

🖊 −아/어/여지다

1 〈보기〉와 같이 이야기한 후에 쓰세요.

> **보기**
>
> 춥다 ➡ 추워졌어요.

❶ 맑다 ➡ _____

❷ 흐리다 ➡ _____

❸ 덥다 ➡ _____

❹ 따뜻하다 ➡ _____

❺ 습도가 높다 ➡ _____

❻ 어렵다 ➡ _____

❼ 크다 ➡ _____

❽ 건강하다 ➡ _____

2 그림을 보고 〈보기〉와 같이 이야기한 후에 쓰세요.

보기

가: 비가 올 것 같아요.

나: 네, <u>날씨가 흐려졌어요.</u>

❶

가: 요즘도 많이 추워요?

나: 아니요. _____

❷

가: 오늘은 옷을 따뜻하게 입으세요.

나: 네, 그럴게요. 날씨가 _____

❸

가: 장마가 시작되었네요.

나: 네, 그래서 _____

❹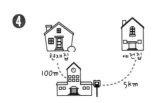

가: 학교 근처로 이사를 했어요?

나: 네, 그래서 _____

❺

가: 한국 친구가 많아요?

나: 네. 대학교에 입학한 후에 _____

❻

가: 한국어 시험은 잘 봤어요?

나: 네, 한국어 성적이 _____

1 그림을 보고 이야기한 후에 쓰세요.

1) 가: 또 비가 오네요.

수미 씨는 _____

나: 아니요, 저는 비가 오는 날을 별로 안 좋아해요.

가: 왜 비가 오는 날을 싫어해요?

나: 비가 오는 날은 _____

2) 가: 날씨가 참 따뜻하네요.

나: 그렇죠? 요즘 날씨가 참 _____

가: 네. 낮에는 기온이 많이 높아져서 외출하기도 좋아요.

가: 그런데 밤에도 _____

나: 아니요, 밤에는 기온이 낮아질 거예요.

3) 가: 린다 씨 뉴욕도 날씨가 추워요?

나: 네. 예전보다 좀 _____

가: 한국은 요즘 눈이 많이 와요. 뉴욕도 눈이 많이 와요?

나: 네. _____

가: 다음 달에 뉴욕에 갈 거예요.

그런데 다음 달에도 _____

나: 글쎄요, 아마 다음 달에는 눈이 많이 안 올 거예요.

1 다음은 이번 주의 날씨입니다. 잘 읽고 내용을 파악해 보세요.

주간 날씨

3/14(월): ☀ ➡ ☁   빨래 : 괜찮아요   산책 : 좋아요

3/15(화): ☁ ➡ ☂   빨래 : 기다리세요   산책 : 기다리세요

3/16(수): ☁ ➡ ☂   빨래 : 기다리세요   산책 : 내일 하세요

1) 이번 주에는 날씨가 흐려질 것입니다.   O X

2) 친구와 나들이 약속은 월요일에 하는 것이 좋습니다.   O X

3) 수요일에는 빨래를 해도 좋습니다.   O X

쓰기 연습

1 다음은 미키 씨가 좋아하는 날씨와 싫어하는 날씨에 대한 그림입니다.
미키 씨가 되어 좋아하는 날씨와 싫어하는 날씨를 설명하는 글을 써
보세요.

1) 그림을 보고 다음을 메모해 보세요.

좋아하는 날씨		싫어하는 날씨	
이유		이유	
하는 일		하는 일	

2) 메모를 보고 미키 씨가 좋아하는 날씨와 싫어하는 날씨를 설명하는 글을

써 보세요.

_____

_____

_____

_____

제4과 물건 사기

학습 목표
시장이나 백화점 등에서 물건을 살 때 필요한 표현을 사용하여
이야기할 수 있다.

주제	물건 사기
기능	시장에서 물건 사기
	사고 싶은 옷에 대해 묻고 답하기
연습	말하기 : 시장이나 백화점 등에서 물건 사기
	읽기 : 쇼핑에 대한 글 읽기
	쓰기 : 쇼핑 목록을 보고 쇼핑한 물건에 대한 글 쓰기
어휘	옷, 과일 이름
문법	-짜리, -어치, -는/(으)ㄴ 것 같다, -(으)니까

제4과 물건 사기

어휘와 표현

1 그림을 보고 알맞은 말을 연결하세요.

❶

❷

❸

❹

❺

❻

ⓐ 치마

ⓑ 스웨터

ⓒ 양복

ⓓ 남방

ⓔ 티셔츠

ⓕ 정장

2 그림을 보고 〈보기〉의 표현을 골라 이야기한 후 쓰세요.

| 딸기 | 귤 | 수박 | 포도 | 배 |
| 참외 | 복숭아 | 사과 | 토마토 | |

❶
딸기

❷

❸

❹

❺

❻

❼

❽

❾

✏️ –짜리

1 그림을 보고 〈보기〉와 같이 이야기한 후에 쓰세요.

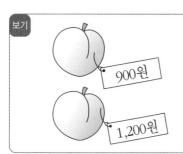

가: 이 복숭아는 어떻게 해요?

나: <u>이건 900원짜리이고</u>

<u>저건 1,200원짜리예요.</u>

❶

가: 이 귤은 얼마예요?

나: 그건 _____

❷

가: 저 배는 얼마예요?

나: _____

❸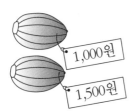

가: 이 참외는 어떻게 해요?

나: _____

❹

가: 이 수박은 어떻게 해요?

나: _____

✏️ –어치

1 그림을 보고 〈보기〉와 같이 이야기한 후에 쓰세요.

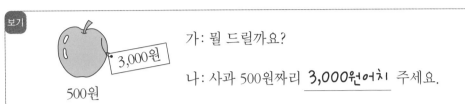

보기

3,000원
500원

가: 뭘 드릴까요?

나: 사과 500원짜리 __3,000원어치__ 주세요.

❶

700원 · 1,000원
3,500원

가: 뭘 드릴까요?

나: 감 700원짜리 _____ 주세요.

❷

3,000원
6,000원

가: 딸기는 얼마나 살까요?

나: 딸기는 _____ 사요.

❸

2,000원 · 2,500원
5,000원

가: 뭘 드릴까요?

나: 귤 2,500원짜리 _____ 주세요.

❹

1,800원
5,400원

가: 전부 얼마예요?

나: _____ 5,000원만 주세요.

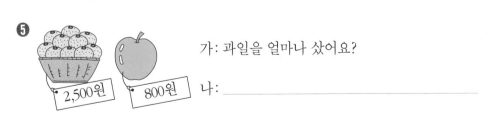

❺

2,500원 · 800원
귤 7,500원   사과 4,000원

가: 과일을 얼마나 샀어요?

나: _____

✏️ –는/(으)ㄴ 것 같다

1 〈보기〉와 같이 이야기한 후에 쓰세요.

> **보기**
>
> 작다 ➡ <u>작은 것 같아요.</u>
>
> 주다 ➡ <u>주는 것 같아요.</u>

❶ 크다 ➡ _____

❷ 많다 ➡ _____

❸ 찾다 ➡ _____

❹ 어울리다 ➡ _____

❺ 헐렁하다 ➡ _____

❻ 짧다 ➡ _____

❼ 무겁다 ➡ _____

❽ 만들다 ➡ _____

2 그림을 보고 〈보기〉와 같이 이야기한 후 써 보세요.

가: 옷이 잘 맞으세요?

나: 글쎄요, 저한테 **큰 것 같아요.**

❶ 가: 이 옷이 잘 어울려요?

나: 네. _____

❷ 가: 이 티셔츠도 작아요?

나: 네. 입어보니까 좀 _____

❸ 가: 잘 맞으세요?

나: 아니요, 너무 딱 _____

❹ 가: 치마가 _____

나: 그럼 이걸 입어 보세요.

✏️ –(으)니까

1 〈보기〉와 같이 이야기한 후에 쓰세요.

이 바지는 크다 ➡ <u>이 바지는 크니까</u> 다른 걸로 보여 주세요.

❶ 그건 좀 비싸다 ➡ _____ 다른 걸로 보여 주세요.

❷ 치마가 좀 짧다 ➡ _____ 다른 걸로 보여 주세요.

❸ 잘 어울리다 ➡ _____ 그걸 사세요.

❹ 날씨가 춥다 ➡ _____ 택시를 타고 갑시다.

❺ 오늘은 바쁘다 ➡ _____ 내일 만나요.

❻ 학교 앞에 살다 ➡ _____ 학교 근처에서 볼래요?

2 〈보기〉와 같이 이야기한 후에 쓰세요.

> **보기**
>
> 가: 이 치마 살까요?
>
> 나: 그건 좀 비싼 것 같아요. <u>그건 좀 비싸니까</u> 다른 걸 한 번 보세요.

❶ 가: 파란색도 한 번 입어보시겠어요?

　 나: 파란색은 집에 많이 있어요. ＿＿＿＿＿＿＿＿ 다른 걸 보여 주세요.

❷ 가: 티셔츠가 마음에 드세요?

　 나: 네. 마음에 들어요. ＿＿＿＿＿＿＿＿＿＿ 이걸로 할게요.

❸ 가: 그 바지도 작아요?

　 나: 네. 이것도 ＿＿＿＿＿＿＿＿＿＿ 좀 큰 걸로 주세요.

❹ 가: 날씨가 정말 덥지요?

　 나: 네. 날씨가 ＿＿＿＿＿＿＿＿＿＿ 시원한 원피스를 사고 싶어요.

❺ 가 : 오늘도 많이 바빠요?

　 나: 네. ＿＿＿＿＿＿＿＿＿＿＿＿ 내일쯤 만나는 게 어때요?

❻ 가: 된장찌개를 먹을까요?

　 나: 어제도 ＿＿＿＿＿＿＿＿＿＿ 오늘은 다른 걸 먹어요.

말하기 연습

1 그림을 보고 이야기한 후에 쓰세요.

1)

3,000원

2,000원

가: 배가 얼마예요?

나: 큰 건 _____

가: 그럼, 이천 원_____ 두 개 주세요.

2)

가: 이 포도는 어떻게 해요?

나: _____

가: 그럼, 포도 _____

3)

가: 뭘 찾으세요?

나: _____

가: 이 티셔츠를 입어 보세요.

나: 이 티셔츠는 _____ 다른 걸 보여 주세요.

가: 그럼 이걸 한 번 입어 보세요. 마음에 드세요?

나: 네. 정말 _____. 이걸로 할게요.

1 지민 씨의 일기입니다. 다음을 잘 읽고 물음에 답하세요.

> 다음 주에 친구 결혼식이 있어요. 그래서 예쁜 옷을 한 벌 사러 갔어요. 나는 분홍색 치마하고 하얀색 블라우스를 사고 싶었어요. 먼저 분홍색 치마를 입어 봤는데 몸에 잘 맞았어요. 그리고 색깔도 나한테 잘 어울리는 것 같아서 정말 마음에 들었어요. 그런데 하얀색 블라우스는 좀 작은 것 같았어요. 하얀색 블라우스를 꼭 하나 사고 싶었는데 좀 작은 것 같아서 분홍색 치마만 샀어요.

1) 내용과 맞는 것을 고르세요.

❶ 분홍색 치마는 지민 씨한테 조금 컸어요.

❷ 하얀색 블라우스는 사이즈가 잘 맞았어요.

❸ 분홍색 치마는 지민 씨한테 잘 어울렸어요.

❹ 하얀색 블라우스는 지민 씨한테 별로 안 어울렸어요.

2) 지민 씨는 어떤 옷을 샀어요? 이야기해 보세요.

1 다음은 수미 씨가 사고 싶은 옷입니다. 다음 그림을 보고 수미 씨의 쇼핑 계획을 소개하는 글을 써보세요.

좋아하는 옷의 종류	☐정장	☑캐주얼	
	☑편한 옷	☐예쁜 옷	☐유행하는 옷
	☐딱 맞는 옷	☑헐렁한 옷	
좋아하는 옷의 색깔	☑밝은 색	☐어두운 색	
사고 싶은 옷	청바지와 스웨터		
옷을 사는 곳	☐백화점	☑시장	☑인터넷

1) 다음 질문에 대해 메모해 보세요.

(1) 수미 씨가 좋아하는 옷의 종류와 색깔은 뭐예요?

_____

(2) 수미 씨가 사고 싶은 옷은 뭐예요?

_____

(3) 수미 씨는 어디에서 쇼핑을 할 거예요?

_____

2) 메모를 보고 수미 씨의 쇼핑 계획을 소개하는 글을 쓰세요.

_____

_____

_____

제5과 **길 묻기**

학습 목표
다른 사람에게 길을 묻거나 알려 줄 수 있다.

주제	위치
기능	위치 묻기
	어떤 장소의 위치 설명하기
연습	말하기 : 건물 위치에 대하여 묻고 답하기
	읽기 : 집의 위치를 소개한 글 읽기
	쓰기 : 백화점의 위치를 설명하는 글 쓰기
어휘	이동, 교통 표지
문법	-(으)면 되다, -아/어/여서, -(으)면, -지만

제5과 길 묻기

어휘와 표현

1 그림을 보고 알맞은 말을 연결하세요.

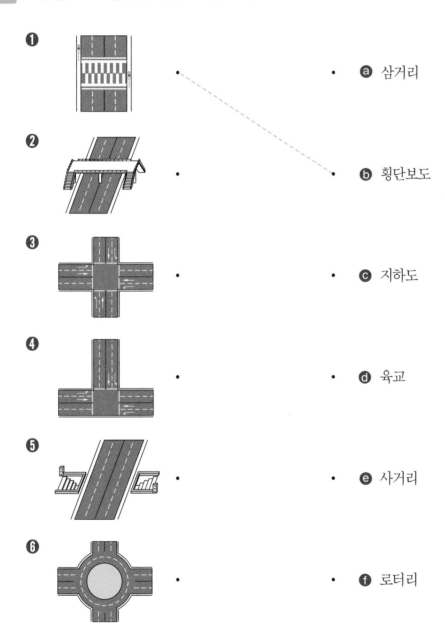

❶   •   • ⓐ 삼거리

❷   •   • ⓑ 횡단보도

❸   •   • ⓒ 지하도

❹   •   • ⓓ 육교

❺   •   • ⓔ 사거리

❻   •   • ⓕ 로터리

2 그림을 보고 알맞은 말을 〈보기〉에서 찾아 쓰세요.

건너가다	돌아가다	올라가다
내려가다	나가다	들어가다

❶ 가: 공중전화가 어디에 있어요?

나: 2층으로 __올라가세요.__

❷ 가: 화장실이 어디에 있어요?

나: 건물 안으로 _____

❸ 가: 은행이 어디에 있어요?

나: 반대편으로 _____

❹ 가: 식당이 어디에 있어요?

나: 지하로 _____

❺ 가: 휴지통이 어디에 있어요?

나: 밖으로 _____

❻ 가: 우체국이 어디에 있어요?

나: 뒤쪽으로 _____

–(으)면 되다

1 〈보기〉와 같이 이야기한 후에 쓰세요.

> 보기
>
> 2층으로 가다 ➡ 2층으로 가면 돼요.

❶ 오른쪽으로 돌아가다 ➡ _____

❷ 횡단보도를 건너다 ➡ _____

❸ 사람들에게 물어보다 ➡ _____

❹ 다음 골목에서 왼쪽으로 돌다 ➡ _____

❺ 1층 식당에서 먹다 ➡ _____

❻ 소포는 지하 사무실에서 찾다 ➡ _____

2 〈보기〉와 같이 이야기한 후에 쓰세요.

> 보기
>
> 3분 정도 걸어가다
>
> 가: 러브커피숍이 어디 있어요?
>
> 나: 그쪽으로 3분 정도 걸어가면 돼요.

❶ 길을 건너다

　　가: 안암역은 어떻게 가요?

　　나: 저 앞에서 _____

❷ 오른쪽으로 가다

　　가: 고려병원은 어떻게 가야 돼요?

　　나: 삼거리에서 _____

❸ 휴게실 안으로 들어가다

　　가: 정수기가 어디에 있어요?

　　나: 1층 _____

❹ 더 가다

　　가: 아직 멀었어요?

　　나: 3분 정도만 _____

❺ 약국에서 받다

　　가: 약은 어디에서 받아요?

　　나: 저희 병원 아래층에 있는 _____

❻ 다음에 놀다

　　가: 오늘은 바빠서 같이 놀 수 없어요. 미안해요.

　　나: 괜찮아요. _____

✏️ -아/어/여서

1 〈보기〉와 같이 이야기한 후에 쓰세요.

> **보기**
>
> 올라가다 ➡ 2층으로 <u>올라가서</u> 오른쪽으로 가세요.

❶ 내려가다 ➡ 아래로 _____ 왼쪽으로 가세요.

❷ 들어가다 ➡ 안으로 _____ 오른쪽으로 가세요.

❸ 돌아가다 ➡ 뒤로 _____ 쭉 가세요.

❹ 건너다 ➡ 육교를 _____ 계속 가세요.

❺ 붙이다 ➡ 우표를 _____ 우체통에 넣으세요.

❻ 하다 ➡ 내일까지 숙제를 _____ 김 선생님께 내세요.

2 〈보기〉와 같이 이야기한 후에 쓰세요.

> **보기**
>
> 밖으로 나가다 / 오른쪽으로 가다
>
> 가: 우체국이 어디에 있어요?
>
> 나: <u>밖으로 나가서 오른쪽으로 가세요.</u>

❶ 정문을 지나다 / 왼쪽으로 가다

　가: 학생회관이 어디에 있어요?

　나: _____

❷ 안으로 들어가다 / 지하로 내려가다

　가: 구내식당이 어디에 있어요?

　나: _____

❸ 지하도를 건너다 / 2번 출구로 나가다

　가: 은행이 어디에 있어요?

　나: _____

❹ 5층에서 내리다 / 오른쪽으로 쭉 가다

　가: 503호가 어디에 있어요?

　나: _____

❺ 자기소개서를 쓰다 / 내일까지 사무실에 내다

　가: 아르바이트를 하고 싶어서 왔습니다.

　나: 그러면 _____

❻ 저기에 앉다 / 잠깐 쉬다

　가: 다리가 너무 아파서 못 걸을 것 같아요.

　나: 그러면 _____

✎ –(으)면

1 〈보기〉와 같이 이야기한 후에 쓰세요.

> **보기**
>
> 건물 밖으로 나가다 ➡ <u>건물 밖으로 나가면</u> 휴지통이 있어요.

❶ 오른쪽으로 가다

➡ _____ 약국이 있어요.

❷ 왼쪽으로 돌아가다

➡ _____ 컴퓨터가 있어요.

❸ 가는 길을 모르다

➡ _____ 사람들한테 물어보세요.

❹ 마이클 씨 연락처를 알다

➡ _____ 좀 가르쳐 주세요.

❺ 우체국에서 소포를 찾다

➡ _____ 저한테 주세요.

❻ 커피를 다 마셨다

➡ _____ 이제 일어 납시다.

2 〈보기〉와 같이 이야기한 후에 쓰세요.

> 보기
>
> 가: 이 근처에 커피숍이 있어요?
>
> 나: 정문 앞으로 가세요. <u>정문 앞으로 가면</u> 커피숍이 많이 있어요.

❶ 가: 여기 가까운 곳에 은행이 있습니까?

　나: 저 육교를 건너가세요. ＿＿＿＿＿＿＿＿＿ 하나은행이 보일 거예요.

❷ 가: 편의점이 어디에 있어요?

　나: 지하로 내려가세요. ＿＿＿＿＿＿＿＿＿ 편의점이 하나 있어요.

❸ 가: 2시까지 영진 씨 집에 갈게요. 참, 안암역에서 내리면 되지요?

　나: 네. ＿＿＿＿＿＿＿＿＿ 저한테 전화하세요. 제가 역으로 나갈게요.

❹ 가: 여보세요, 수미 씨. 저 지금 네거리에서 오른쪽으로 돌았어요.

　　이제 어떻게 가요?

　나: ＿＿＿＿＿＿＿＿＿ 100m 정도 쭉 오세요. 제가 보일 거예요.

❺ 가: 내일부터 날씨가 추워져요.

　나: 정말이요? ＿＿＿＿＿＿＿＿＿ 저는 산에 안 갈래요.

❻ 가: 저는 어제도 비빔밥을 먹었어요.

　나: ＿＿＿＿＿＿＿＿＿ 오늘은 다른 거 먹읍시다.

✎ –지만

1 〈보기〉와 같이 이야기한 후에 쓰세요.

> 회사에서 가깝다 ➡ <u>회사에서 가깝지만</u> 버스가 안 다녀요.

❶ 학교에서는 좀 멀다 ➡ _____ 지하철역에서는 가까워요.

❷ 스타커피숍은 값이 비싸다 ➡ _____ 친절하고 조용해요.

❸ 마이클 씨는 미국 사람이다 ➡ _____ 한국말을 아주 잘해요.

❹ 이번 여행은 조금 힘들었다 ➡ _____ 정말 재미있었어요.

2 이야기한 후에 쓰세요.

❶ 가: 엄마네 식당은 어때요? 음식이 맛있어요?

　나: _____ 값이 좀 비싸요.

❷ 가: 이 건물에는 현금인출기가 없어요?

　나: _____ 바로 앞에 있는 건물에 있어요.

❸ 가: 민수 씨는 수영도 잘하고 테니스도 잘 쳐요?

　나: _____ 테니스는 잘 못 쳐요.

❹ 가: 시험이 좀 어려웠지요?

　나: 읽기 시험은 _____ 듣기 시험은 별로 안 어려웠어요.

1 그림을 보고 이야기한 후에 쓰세요.

1)

가: 하나은행은 여기에서 멀어요?

나: 네, 조금 _____

가는 길은 아주 쉬워요.

가: 어떻게 가야 돼요?

나: _____ 쭉 가면 은행이 있어요.

2)

가: 내일 어디에서 만날까요?

나: _____

가: 25시편의점이 어디에 있어요?

나: 회사 앞 삼거리까지 오세요. _____ 큰 서점이 보일 거예요.

가: 그리고요?

나: 서점 앞에 있는 _____ 25시편의점이 나와요.

3)

가: 린다 씨, 내일 스타커피숍에서 만날래요?

나: 좋아요. 그런데 제가 거기 위치를 잘 몰라요.

가: 음, 우선 정문 앞에서 _____. 그러면 사거리가 나와요.

그 사거리에서 _____ 사랑약국 건물이 있어요.

그 건물 _____

나: 알겠어요. 혹시 스타커피숍을 _____ 사람들에게 물어볼게요.

가: 아마 쉽게 찾을 수 있을 거예요. 2시까지 오세요.

나: 네, 내일 봐요.

1 다음은 토마스 씨가 자기 집을 소개한 글입니다. 다음을 잘 읽고 맞으면 ○, 틀리면 ×에 표시하세요.

> 안녕하세요. 토마스예요. 이번 주 금요일에 우리 집에서 생일 파티 하는 거 알지요? 우리 집은 학교에서 조금 멀지만 찾을 수 있을 거예요. 먼저 학교 정문 앞에서 육교를 건너세요. 그리고 육교를 건너서 오른쪽으로 오세요. 조금 오면 씽씽PC방이 보일 거예요. 거기에서 다시 오른쪽으로 오면 작은 골목이 나와요. 그 골목에서 왼쪽 세 번째 집을 찾으면 돼요. 거기가 우리 집이에요. 그러면 6시 30분까지 늦지 않게 오세요. 그날 봐요.

1) 토마스 씨의 집은 학교에서 가깝습니다.　　　　　　　○　×

2) 육교를 건너서 오른쪽으로 가면 씽씽PC방이 있습니다.　　○　×

3) 토마스 씨는 작은 골목 오른쪽 3번째 집에 삽니다.　　　○　×

쓰기 연습

1 다음은 지금 있는 곳에서 백화점까지 가는 길을 설명한 것입니다. 여러분이
백화점까지 가는 길을 설명하는 글을 써 보세요.

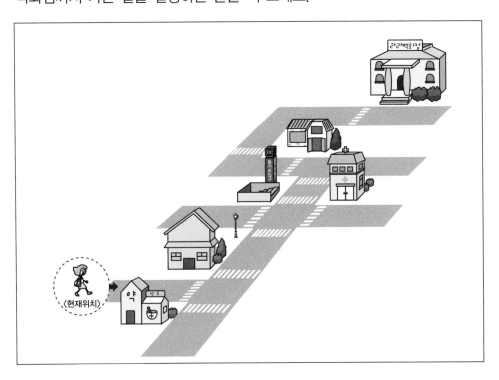

1) 이 사람은 지금 어디에 있습니까?

_____

2) 백화점은 어떻게 가야 합니까? 이야기해 보세요.

_____

_____

3) 위 지도를 보고 지금 위치에서 백화점까지 가는 방법을 설명해 보세요.

_____

_____

_____

종합 연습 I

1 〈보기〉와 같이 종류가 다른 단어를 고르세요.

보기
❶ 사과   ❷ 당근   ❸ 포도   ❹ 수박

1) ❶ 교사   ❷ 회사원   ❸ 여행사   ❹ 사업가

2) ❶ 댄스   ❷ 기타   ❸ 피리   ❹ 하모니카

3) ❶ 편의점   ❷ 정수기   ❸ 공중전화   ❹ 자동판매기

2 〈보기〉와 같이 ⬚ 와 관계있는 말을 고르세요.

보기
영화 – 사진 – 등산 – 요리
❶ 취미   ❷ 소개   ❸ 질문   ❹ 재료

1) 남방 – 정장 – 원피스 – 치마

❶ 옷   ❷ 값   ❸ 취향   ❹ 쇼핑

2) 법학 – 사회학 – 정치학 – 한국어학

❶ 취미   ❷ 전공   ❸ 직업   ❹ 특기

3) 도로 – 골목 – 삼거리 – 횡단보도

❶ 길   ❷ 방   ❸ 그림   ❹ 건물

3 다음 밑줄에 알맞은 말을 고르세요.

1) 가: 어디에서 태권도를 배워요?

    나: 학교에 태권도 _____가 있어요. 거기에서 친구들과 함께 연습해요.

    ❶ 파티   ❷ 취미   ❸ 음악회   ❹ 동아리

2) 가: 수미 씨, 뭐 하고 싶은 말 있어요?

    나: 저 _____ 사전 좀 빌려 줄 수 있어요?

    ❶ 혹시   ❷ 아마   ❸ 이미   ❹ 전혀

3) 가: 아까 누가 저한테 전화를 했어요?

    나: 누구였죠? 음. 아, _____. 한국어학과 김영진 교수님께서 전화하셨어요.

    ❶ 말씀하세요   ❷ 모르겠어요   ❸ 생각났어요   ❹ 잊어버렸어요

4 다음 밑줄에 알맞은 말을 고르세요.

1) 가: 오늘 귤이 좋네요.

    나: 네, 만원_____ 사시면 사과 두 개를 더 드릴게요.

    ❶ 짜리   ❷ 어치   ❸ 만큼   ❹ 정도

2) 가: 린다 씨, 얼굴이 안 좋아요. 그냥 집에서 쉬세요.

    나: 아니에요, 같이 갈래요. 목이 좀 _____ 괜찮을 거예요.

    ❶ 아파서   ❷ 아프면   ❸ 아프지만   ❹ 아프니까

3) 가: 시험 성적이 안 좋아서 속상해요.

    나: 저도 그래요. 시험 문제가 지난번보다 많이 _____

    ❶ 어려울까요?   ❷ 어려워졌어요.

    ❸ 어려울 거예요.   ❹ 어려울 것 같아요?

5 다음 ⌐¬ 의 단어를 알맞은 형태로 바꾸어 밑줄에 쓰세요.

1) ⌐ 건너오다 ¬

　　가: 린다 씨, 지하도 앞에 왔어요. 이제 어떻게 해요?

　　나: 지하도를 ＿＿＿＿＿＿＿＿＿ 아파트가 있을 거예요.

2) ⌐ 어울리다 ¬

　　가: 이 모자가 수미 씨한테 잘 ＿＿＿＿＿＿＿＿

　　나: 네. 잘 어울릴 것 같아요.

3) ⌐ 전공하다 ¬

　　가: 누구한테 중국어를 배우면 좋을까요?

　　나: 제가 중국어를 ＿＿＿＿＿＿＿＿＿ 학생을 알아요. 소개해 줄게요.

6 〈보기〉와 같이 ⌐¬ 의 표현을 이용해서 문장을 만드세요.

보기

주말 – 친구 – 영화 – 보다

주말에 친구와 함께 영화를 볼 거예요.

1)

작년부터 – 한국대사관 – 일하다

저는 ＿＿＿＿＿＿＿＿＿＿＿＿＿＿

2)

눈이 오다 – 날씨 – 정말 – 좋아하다

저는 ＿＿＿＿＿＿＿＿＿＿＿＿＿＿

3)

늦다 – 오다 – 커피 – 사다

제가 ＿＿＿＿＿＿＿＿＿＿＿＿＿＿

7 대화의 밑줄에 알맞은 표현을 고르세요.

1) 가: 양복이 _____?

　　나: 어깨가 좀 끼는 것 같아요. 한 사이즈 큰 걸로 주세요.

　　❶ 어울리세요　　　❷ 입어 보실래요　　　❸ 마음에 드세요　　　❹ 요즘 유행이에요

2) 가: 내일은 비가 올 것 같아요.

　　나: 네, _____.

　　❶ 손이 시려요　　　❷ 먼지가 많아요　　　❸ 옷이 젖었어요　　　❹ 구름이 끼었어요

3) 가: _____ 여기가 국제관입니까?

　　나: 아니요, 저기 큰 유리 건물이 있지요. 거기가 국제관이에요.

　　❶ 뭘 찾으세요?　　　　　　　　　　　❷ 말씀 좀 묻겠습니다.

　　❸ 근처에 국제관이 있어요?　　　　　　❹ 앞으로 잘 부탁드립니다.

8 그림을 보고 밑줄에 알맞은 표현을 쓰세요.

1)

가: 처음 뵙겠습니다. 저는 미아라고 합니다.

나: 안녕하세요. 저는 요르헤입니다.

가: 요르헤 씨는 _____

나: 스페인의 마드리드예요. 마드리드 대학
　　을 졸업했어요.

가: 저는 미국에서 왔어요. 지금은 대학원에
　　서 한국어교육학을 전공하고 있어요.
　　요르헤 씨는 지금 무슨 일을 하세요?

나: 대학에서 _____

2)

점원: 어서 오세요. _____

손님: 청바지를 하나 사려고 하는데요.

점원: 이 디자인은 어떠세요? 이 디자인이
　　　요즘 _____

손님: 한번 입어 볼게요.

점원: 와, 정말 잘 _____

손님: 이것 말고 다른 디자인을 입어 봐도
　　　돼요?

점원: 그럼요, 잠깐만 기다리세요.
　　　금방 가지고 올게요.

9 다음 문장의 순서를 바꿔 자연스러운 대화를 만드세요.

1) 가: 음악을 듣거나 피아노를 쳐요.

   나: 언제 피아노를 배웠어요?

   다: 피아노를 칠 수 있어요?

   라: 시간이 있을 때 보통 뭘 하세요?

   마: 네. 피아노를 칠 수 있어요.

   바: 초등학교에 다닐 때 배웠어요.

라 - (　) - (　) - (　) - (　) - 바

2) 가: 저, 실례합니다. 말씀 좀 물을게요.

   나: 네, 5층에 있는데요.

   다: 네, 고맙습니다.

   라: 그럼 계단이나 엘리베이터는 어느 쪽에 있어요?

   마: 계단은 저쪽 화장실 옆에 있고, 엘리베이터는 오른쪽으로 돌아가시면 있어요.

   바: 혹시 이 건물에 현금인출기가 있어요?

   사: 네, 말씀하세요.

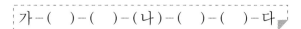
가 - (　) - (　) - (나) - (　) - (　) - 다

10 아래 글의 밑줄에 알맞은 말을 쓰세요.

1) 오늘 아침 기온이 어제보다 많이 낮아졌습니다. 그리고 눈도 많이 와서 길이 _____.

그래서 오늘은 차를 안 가지고 갈 겁니다.

2) 저는 어제 친구와 함께 명동에 쇼핑하러 갔습니다. 토요일이어서 사람이 많았습니다. 치마를 하나

샀습니다. 그런데 집에 와서 입어보니까 _____. 그래서 좀 큰 걸로 바꾸고 싶습

니다.

11 다음을 읽고 질문에 답하세요.

저는 우표 모으는 것을 좋아합니다. 중학교 때부터 여러 나라의 우표를 모으고 있습니다.
지금까지 이백 개 정도의 우표를 모았습니다. 제가 좋아하는 우표는 유명한 곳이 있는 우표
입니다. 저는 취미가 같은 친구들과 인터넷에서 만납니다. 그리고 한국어로 이야기합니다.
이렇게 서로 이야기를 하면 친구 나라의 문화를 알 수 있기 때문에 정말 즐겁습니다.

1) 이 사람의 취미는 무엇입니까?

_____

2) 위 글과 같은 내용을 찾으세요.

❶ 우표를 200개 샀습니다.

❷ 취미가 같은 친구들과 이야기합니다.

❸ 인터넷에서 고향 친구들을 만납니다.

❹ 좋아하는 우표는 동물이 있는 우표입니다.

12 다음을 읽고 질문에 답하세요.

제 이름은 밍밍입니다. 중국 베이징에서 왔습니다. 저는 대학교에서 한국어학을 전공했습니다. 대학교 때 외국어를 여러 과목 공부했습니다. 그래서 지금은 ⊙ 한국어와 일본어, 그리고 영어를 조금 할 수 있습니다. 대학교 졸업 후에는 2년 동안 한국 회사에 다녔습니다. 주로 통역과 번역을 했습니다. 그리고 한국에 유학을 왔습니다. 지금은 고려대학교에서 한국어를 공부하고 있습니다. 한국어 실력이 아주 좋아져서 정말 기쁩니다. 저는 다음 학기에 대학원에 입학해서 한국어교육학을 전공하고 싶습니다. 제 꿈은 한국어교육학을 열심히 공부해서 훌륭한 교수가 되는 것입니다.

1) 이 사람의 꿈은 무엇입니까? 쓰세요.

_____

2) ⊙의 이유를 윗글에서 찾아 쓰세요.

_____

3) 다음 중 윗글의 내용과 맞는 것을 고르세요.

❶ 중국 회사에서 번역하는 일을 했습니다.

❷ 대학교에서 외국어 교육학을 전공했습니다.

❸ 지금 한국에 와서 대학원 준비를 하고 있습니다.

❹ 대학교 때 처음 한국에 한국어를 공부하러 왔습니다.

제6과 안부·근황

학습 목표
안부와 근황에 대해 이야기할 수 있다.

주제	안부와 근황
기능	안부 묻고 답하기
	근황 묻고 답하기
연습	말하기 : 안부와 근황을 묻고 답하기
	읽기 : 안부와 근황에 대한 편지글 읽기
	쓰기 : 메모를 보고 근황에 대한 편지 쓰기
어휘	안부, 근황 관련 표현
문법	-아/어여, -았/었/였어, -(이)야, -자, -지, -(으)래,
	-(으)ㄹ까, -(으)ㄹ게

제6과 안부 · 근황

1 알맞은 말을 〈보기〉에서 골라 이야기한 후 써 보세요.

> | 회사를 옮기다 | 이사하다 | 결혼하다 |
> | 아르바이트를 하다 | 봉사활동을 하다 | 컴퓨터를 배우다 |
> | 유학을 가다 | 한국 문화를 체험하다 | |

❶

가: 아직도 신촌에 살아요?

나: 아니요, 학교까지 너무 멀어서 지난주에 학교

근처로 _____

❷

가: 그 동안 어떻게 지냈어요?

나: _____. 그래서 좀 바빴어요.

❸

가: 영진 씨는 요즘 어떻게 지내요?

나: 얼마전에 프랑스로 _____

대학원을 졸업한 후에 돌아올 거예요.

④

가: 휴가 때는 뭐 했어요?

나: 저는 다른 사람들을 돕고 싶어요.

　　그래서 _____

⑤

가: 오랜만이에요. 그 동안 어떻게 지냈어요?

나: 얼마 전에 _____

⑥

가: 방학 잘 보냈어요?

나: 네. 방학동안 컴퓨터 학원에서 _____

⑦

가: 잘 지냈어요?

나: 얼마전에 _____

⑧

가: 방학에 뭐 했어요?

나: 저는 _____

🖉 -아/어/여

1 〈보기〉와 같이 이야기한 후에 쓰세요.

>
> 가: 요즘 어떻게 지내?
>
> 나: 다음 주에 시험이 있어. 그래서 <u>좀 바빠</u>.

❶ 가: 요즘 어떻게 지내?

　　나: 요즘 중국 친구한테 중국어를 _____

❷ 가: 많이 바빠?

　　나: 응. 일을 시작해서 정신이 _____

❸ 가: 아직도 서울에 _____

　　나: 응. 아직도 서울에 살고 있어.

❹ 가: 일요일에도 회사에 가세요?

　　나: 응. 일이 있어서 회사에 _____

❺ 가: 배고프지 않아?

　　나: 아침을 늦게 먹어서 아직 배가 _____

❻ 가: 오늘 점심 같이 드실래요?

　　나: 미안해. 오늘은 약속이 _____

–았/었/였어

1 〈보기〉와 같이 이야기한 후에 쓰세요.

> **보기**
>
> 가: 그동안 어떻게 지냈어?
>
> 나: 대학교를 졸업하고 회사에 <u>취직했어</u>.

❶ 가: 주말에 뭐 했어?

　나: 너무 피곤해서 집에서 잠을 _____

❷ 가: 방학 동안 푹 _____

　나: 아니. 아르바이트를 해서 좀 바빴어.

❸ 가: 요즘 어떻게 지내?

　나: 얼마 전에 다른 회사로 _____

❹ 가: 방학에 뭐 했어?

　나: 컴퓨터 학원에서 컴퓨터를 _____

❺ 가: 너도 방학 때 한국에 _____

　나: 응. 고향에 안 갔어.

❻ 가: 어제 무슨 일이 있었어?

　나: 응. 배가 좀 _____. 그래서 학교에도 못 갔어.

–(이)야

1 그림을 보고 〈보기〉와 같이 이야기한 후에 쓰세요.

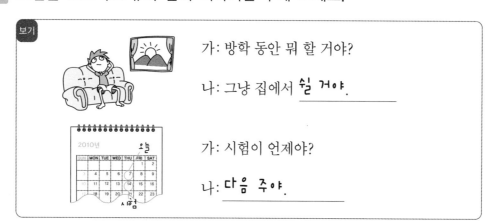

가: 방학 동안 뭐 할 거야?

나: 그냥 집에서 <u>쉴 거야</u>.

가: 시험이 언제야?

나: <u>다음 주야</u>.

❶

가: 왜 그렇게 바빠?

나: 다음 주가 _____

그래서 요즘 면접을 준비하고 있어.

❷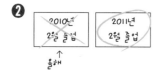

가: 이번에 대학교를 졸업했어?

나: 아니, 내년에 _____

❸

가: 한국어 공부가 끝난 후에 뭐 할 거야?

나: 컴퓨터 학원에서 _____

❹

가: 고향이 _____

나: 제 고향은 전주예요.

❺

가: 방학 때 고향에 _____

나: 네. _____

🖊 -자

1. 그림을 보고 〈보기〉와 같이 이야기한 후에 쓰세요.

> 보기
>
>
>
> 가: 뭐 할까?
>
> 나: 그냥 집에서 <u>쉬자</u>.

❶

가: 어디 가고 싶어?

나: 날씨가 더우니까 _____

❷

가: 오랜만이야.

나: 시간이 괜찮으면 _____

❸

가: 너도 한국어능력시험을 볼거야?

나: 나도 시험을 볼 거니까 _____

❹

가: 오래 걸어서 힘드니깐 저기 _____

나: 그리자.

❺

가: 두시쯤에 _____

나: 알았어. 그때 보자.

❻

가: 엄마하고 같이 _____

나: 네. 좋아요.

✎ -지, -(으)ㄹ래, -(으)ㄹ까, -(으)ㄹ게

1 〈보기〉와 같이 이야기한 후에 쓰세요.

> **보기**
>
> 가: 차 한잔 <u>할까요?</u>   가: 차 한잔 **할까?**
>
> 나: <u>네, 좋아요.</u>   ➡   나: **응, 좋아.**

❶ 가: 커피 <u>마실래요?</u>

　　나: <u>아니요, 저는 녹차를 마실래요.</u>   ➡   가: 커피 ＿＿＿＿＿＿＿＿

　　　　　　　　　　　　　　　　　　　　　　　　　나: ＿＿＿＿＿＿＿＿＿＿＿

❷ 가: 요즘 많이 <u>바쁘지요?</u>

　　나: <u>아니요, 괜찮아요.</u>   ➡   가: 요즘 많이 ＿＿＿＿＿＿＿

　　　　　　　　　　　　　　　　　　　　　　　나: ＿＿＿＿＿＿＿＿＿＿＿

❸ 가: 시간 있으면 <u>연락하세요.</u>

　　나: <u>네, 다음에 연락할게요.</u>   ➡   가: 시간 있으면 ＿＿＿＿＿＿

　　　　　　　　　　　　　　　　　　　　　　　나: ＿＿＿＿＿＿＿＿＿＿＿

❹ 가: 저기 <u>앉을까요?</u>

　　나: <u>네, 좋아요.</u>   ➡   가: 저기 ＿＿＿＿＿＿＿＿

　　　　　　　　　　　　　　　　　　　나: ＿＿＿＿＿＿＿＿＿＿＿

❺ 가: 영화 보러 <u>갈까요?</u>

　　나: <u>네, 영화 보러 가요.</u>   ➡   가: 영화 보러 ＿＿＿＿＿＿＿

　　　　　　　　　　　　　　　　　　　　　　나: ＿＿＿＿＿＿＿＿＿＿＿

말하기 연습

1 이야기한 후에 쓰세요.

1) 가: 안녕. 오랜만이야.

　나: 그래, 방학 동안 잘 지냈어?

　가: 응. 덕분에 _____

　나: 그런데 너도 방학 때 고향에 다녀왔어?

　가: 아니. 나는 한국에 _____

　　　한국어 연습도 하고 돈도 벌고 싶어서 편의점에서 _____

　나: 그랬구나. 그럼, 잘 지내고 학교에서 _____

2) 가: 혹시 린다 아니야?

　나: 네, 그런데요.

　가: 나야, 미라. 오랜만이야.

　나: 와, 미라구나. 이게 얼마만이야? 그동안 _____

　가: 잘 지냈어. 대학원을 졸업하고 얼마 전에 _____

　　　내가 직장 생활이 처음이라서 배울 것도 많고 일도 많아서 정신이 없어.

　나: 지금 시간 괜찮으면 차나 한잔 하자.

　가: 그런데 지금은 약속이 있으니까 _____

1 유이치 씨가 친구에게 보낸 편지입니다. 다음을 잘 읽고 맞으면 O,
틀리면 ×에 표시하세요.

토마스에게

그동안 잘 지냈어? 그동안 연락 못 해서 미안해.

나는 일본으로 돌아온 후 회사에 취직했어.

그래서 요즘 정말 많이 바빠.

너도 대학원에 입학해서 많이 바쁘지?

나는 일본에 돌아온 후 여자 친구도 생겼어. 그래서 요즘 정말

즐겁게 지내고 있어.

너는 어때? 한국 생활은 힘들지 않아?

정말 보고 싶다. 자주 연락할게.

친구 유이치가

1) 토마스는 대학원에 다닙니다.   O   ×

2) 유이치는 지금 일본에서 회사에 다닙니다.   O   ×

3) 유이치는 한국어를 배우러 학교에 다닙니다.   O   ×

1 다음 미키 씨의 메모를 보고 미키 씨가 되어 요즘 생활을 이야기하는 편지를
   써 보세요.

일요일	월요일	화요일	수요일	목요일	금요일	토요일
	1	2	3	4	5	6
편의점 아르바이트 (오후 5시~ 밤 10시)	편의점 아르바이트 (오후 5시~ 밤 10시)	한국어 수업시작 (오전 9시~ 오후 2시)	편의점 아르바이트 (오후 5시~ 밤 10시)	재즈댄스 수업 (오후 3시)	편의점 아르바이트 (오후 5시~ 밤 10시)	봉사활동 (일본어 수업)
		오늘				

수미에게

수미야. 그동안 잘 지냈어?

_____

_____

_____

_____

_____

_____

너도 새로 학기를 시작했지? 많이 바쁘겠다.

그래도 시간이 있을 때 연락해. 보고 싶다. 그럼 잘 지내.

2009년 3월 1일

미키가

제7과 외모·복장

학습 목표
외모와 복장에 대해 말할 수 있다.

주제	외모와 복장
기능	외모에 대해 이야기하기
	복장에 대해 이야기하기
연습	말하기 : 외모에 대해 말하기
	오늘의 복장에 대해 말하기
	좋아하는 외모에 대해 말하기
	읽기 : 옷 잘 입는 법 읽기
	쓰기 : 친구의 외모와 복장에 대해 쓰기
어휘	외모, 탈착 관련 표현
문법	-는/은 편이다, -(으)ㄴ, -처럼, ㄹ 불규칙

제7과 **외모 · 복장**

어휘와 표현

1 그림을 보고 알맞은 말을 연결하세요.

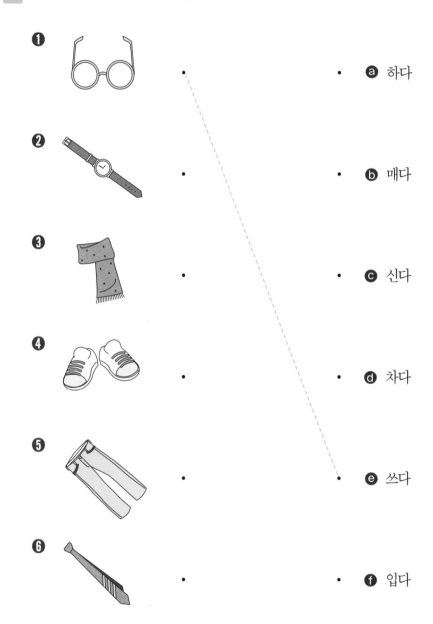

❶ · · ⓐ 하다

❷ · · ⓑ 매다

❸ · · ⓒ 신다

❹ · · ⓓ 차다

❺ · · ⓔ 쓰다

❻ · · ⓕ 입다

2 다음 〈보기〉에서 알맞은 말을 골라 넣으세요.

> **보기**
>
> 키가 작다   배가 나오다   얼굴이 네모나다
>
> 날씬하다   눈이 크다   잘생기다

❶ 가: 영준 씨는 키가 커요?

나: 아니요. _____

❷ 가: 수미 씨는 어떻게 생겼어요?

나: 머리가 길고 _____

❸ 가: 김 선생님, 요즘에도 계속 운동하세요?

나: 아니요. 요즘 바빠서 거의 못해요.

그래서 자꾸 _____

❹ 가: 현우 씨는 어떻게 생겼어요?

나: 체격이 크고 _____

❺ 가: 요즘 많이 먹어서 살이 좀 찐 것 같아요.

나: 걱정 마세요. 영준 씨는 아직 _____

❻ 가: 린다 씨의 남자 친구를 봤어요?

나: 네, 봤어요. 정말 _____. 영화배우 같아요.

–(으)ㄴ 편이다

1 이야기한 후에 쓰세요.

❶ 가: 린다 씨 친구는 체격이 커요?

　나: 네. _____

❷ 가: 마이클 씨는 매운 음식을 좋아해요?

　나: 네. 많이 못 먹지만 _____

❸ 가: 수미 씨는 청바지를 자주 입어요?

　나: 아니요. 청바지보다 치마를 더 _____

❹ 가: 린다 씨는 초등학교 때에도 키가 컸어요?

　나: 아니요. 그 때는 좀 _____

❺ 가: 마이클 씨는 옛날에도 이렇게 _____

　나: 아니요. 수영을 시작하기 전에는 어깨가 좁았어요.

❻ 가: 한국 음식을 잘 드시네요.

　나: 네, 음식은 다 _____

❼ 가: 신신백화점에서 구두를 샀어요. 그런데 좀 비싼 것 같아요.

　나: 신신백화점은 물건 값이 _____

❽ 가: 지민 씨는 옷이 참 많은 것 같아요.

　나: 저는 쇼핑하는 것을 좋아해서 _____

✏️ -(으)ㄴ

1 그림을 보고 〈보기〉와 같이 이야기한 후에 쓰세요.

> **보기**
>
> 가: 누가 린다 씨예요?
>
> 나: 저기 <u>원피스를 입은 사람이에요.</u>

❶

가: 누가 김준성 씨예요?

나: 저기 _____

❷

가: 누가 마이클 씨 친구예요?

나: 저기 _____

❸

가: 리나 씨를 어떻게 찾아요?

나: _____

❹

가: 어느 아이가 린다 씨 아들이에요?

나: 네, 저쪽에 _____

❺

가: 어, 지민 씨 가방 샀어요?

나: 산 게 아니라 생일 날 친구한테서 _____

❻

가: 우리 반에 _____학생이 몇 명이에요?

나: 모두 세 명이에요. 유키 씨, 미키 씨, 하루코 씨네요.

✎ -처럼

1 〈보기 2〉에서 알맞은 말을 골라 〈보기 1〉과 같이 이야기한 후에 쓰세요.

> **보기1**
>
> 가: 영준 씨 여자 친구는 예뻐요?
>
> 나: 네. <u>인형처럼</u> 아주 예쁘게 생겼어요.

> **보기2**
>
> 인형, 농구 선수, 한국사람, 모델, 호랑이, 천사, 영화배우

❶ 가: 린다 씨 동생은 키가 그렇게 커요?

　나: 네. 제 동생은 ＿＿＿＿＿＿＿＿＿ 키가 커요.

❷ 가: 김 사장님은 ＿＿＿＿＿＿＿＿＿ 무서워요.

　나: 처음 볼 때는 조금 무섭지만 사실은 좋은 분이에요.

❸ 가: 수미 씨는 ＿＿＿＿＿＿＿＿＿ 날씬해서 좋지요?

　나: 아니에요. 저는 말라서 고민이에요.

❹ 가: 미키 씨는 정말 착한 사람 같아요.

　나: 맞아요. 미키 씨는 ＿＿＿＿＿＿＿＿＿ 착해요.

❺ 가: 이거 어제 산 양복이에요. 어때요? 저한테 잘 어울려요?

　나: 네, 잘 어울려요. 양복을 입으니까 ＿＿＿＿＿＿＿＿＿ 멋있어요.

❻ 가: 한국말을 ＿＿＿＿＿＿＿＿＿ 잘하시네요.

　나: 아니에요. 아직 잘 못해요.

ㄹ 불규칙

1 이야기한 후에 쓰세요.

❶ 가: 교수님은 어디에 _____

　나: 나는 혜화동에 살아.

❷ 가: 이 치마가 _____

　나: 네, 마음에 들어요. 이걸로 주세요.

❸ 가: 날씨가 따뜻해서 자꾸 잠이 와요.

　나: 맞아요. 수업 시간에 _____ 학생이 많아졌어요.

❹ 가: 사장님, 마지드 씨를 _____

　나: 네, 잘 알고 있습니다.

❺ 가: 린다 씨는 한국어가 정말 빨리 _____ 같아요.

　나: 고마워요. 수미 씨 덕분에 빨리 늘었어요.

❻ 가: 이따가 학교 수영장에 같이 갈래요?

　나: 월요일에는 문을 안 _____ 내일 같이 가요.

1 다음을 이야기한 후에 쓰세요.

1) 가: 어머! 왕몽 씨. 오늘 웬일이에요? 양복을 입고.

　　나: 면접시험이 있어요. 그런데 좀 안 어울리지요?

　　가: 아니에요. _____ 멋있어요.

　　나: 모델이요? 와, 고마워요. 오늘 면접시험 잘 볼 것 같아요.

2) 가: 마지드 씨, 까만색 가방을 _____ 사람은 누구예요??

　　나: 저희 형이에요. 사진으로 보면 저하고 많이 닮았지요?

　　가: 네, 맞아요. 마지드 씨 형도 마지드 씨 _____ 잘생기셨네요.

　　나: 그래요? 실제로 보면 제가 더 잘생겼어요. 하하하.

3) 가: 린다 씨는 어떤 남자를 좋아해요?

　　나: 음, 저는 어깨가 _____ 다리가 _____

　　　　남자가 좋아요.

　　가: 그래요? 저도 그런 사람 좋아해요. 그리고요?

　　나: 그리고 티셔츠와 청바지가 어울리는 남자가 좋아요.

　　가: 어머, 저도 그래요. 우리는 생각이 _____

　　나: 맞아요. 제가 볼 때에도 우리는 여러 가지로 비슷한 것이 많아요.

1 다음은 옷 잘 입는 법에 대한 글입니다. 잘 읽고 맞으면 ○, 틀리면 ×
하세요.

> ☆ 자신의 몸에 맞게 옷을 입어야 해요. 뚱뚱한 사람은 딱 붙는 옷과 밝
> 은 색 옷이 안 어울려요. 그리고 작고 마른 사람은 헐렁한 옷과 어두
> 운 색 옷이 안 좋아요.
>
> ☆ 모자나 벨트, 스카프 등의 액세서리를 하면 같은 옷도 다른 옷처럼
> 보여요.
>
> ☆ 검은 색 스타킹을 신으면 다리가 길고 날씬해 보여요.
>
> ☆ 마지막으로 이건 정말 중요해요! 옷을 사고 싶은데 돈이 없으면 옷장
> 정리부터 하세요. 이런 말을 할 거예요. "어, 이게 여기 있었네."

1) 액세서리를 잘 하면 새로운 느낌을 줄 수 있습니다.   ○ ×

2) 마른 사람은 붙는 옷과 어두운 색 옷이 잘 어울립니다.   ○ ×

3) 옷을 사기 전에 옷장 정리를 하면 돈을 아낄 수 있습니다.   ○ ×

1 어떤 사람이 지민 씨를 찾고 있습니다. 아래 그림이 지민 씨입니다. 그 사람에게 지민 씨 모습을 설명해 주세요.

1) 지민 씨는 어떻게 생겼습니까?

    (1) 머리, 짧다   (2) _____

    (3) _____   (4) _____

    (5) _____   (6) _____

2) 위에서 메모한 내용을 바탕으로 지민 씨의 특징을 써 봅시다.

_____

_____

_____

_____

제8과 교통

학습 목표
교통수단을 이용하는 방법에 대해 말할 수 있다.

주제	교통
기능	교통수단 묻기
	교통수단을 설명하기
연습	말하기 : 교통 정보 묻기
	교통 정보 알려 주기
	교통수단 알아내기
	읽기 : 교통수단 설명하는 글 읽기
	쓰기 : 친구에게 교통 정보 주기
어휘	교통 관련 표현
문법	-기는 하다, -는 게 좋겠다, -는/(으)ㄴ데, -마다

제8과 교통

어휘와 표현

1 다음 〈보기〉에서 알맞은 말을 골라 넣으세요.

> 보기
>
> 복잡하다   돌아가다   한 번에 가다   서서 가다   앉아서 가다

❶ 가: 이 버스 고려대학교까지 _____

　　나: 네. 안 갈아타도 돼요.

❷ 가: 어제 늦게 퇴근해서 피곤했지요?

　　나: 아니에요. 늦게 가니까 지하철에 사람이 없어서 계속 _____

❸ 가: 여기서 수원역에 가는 것이 _____

　　나: 아니요, 동묘역에서 한 번만 갈아타면 돼요.

❹ 가: 인사동에 잘 다녀왔어요?

　　나: 네. 그런데 길을 잘못 알아서 좀 _____

❺ 가: 지금 버스에 사람이 많겠지요?

　　나: 네. 어제도 이 시간에 버스를 탔는데 사람이 많아서 계속 _____

–기는 하다

1 〈보기〉와 같이 이야기한 후에 쓰세요.

> 보기
>
> 가: 여기 288번 버스가 와요?
>
> 나: 네. <u>오기는 해요</u>. 그런데 자주 안 와요.

❶ 가: 여기 종로에 가는 버스가 서요?

　나: 네. _____. 그런데 자주 안 서요.

❷ 가: 이 버스가 시청까지 가요?

　나: 네. _____. 그런데 내려서 좀 걸어야 돼요.

❸ 가: 여기서 내리면 인사동까지 많이 걷지요?

　나: 네. _____. 그런데 가는 길에 구경할 것이 많아서 괜찮아요.

❹ 가: 여기에 명동에 가는 버스가 있지요?

　나: 네. _____. 그런데 지금 버스를 타면 많이 막히니까 지하철을 타요.

❺ 가: 내일부터 방학이니까 좀 쉴 수 있겠네요?

　나: _____. 그런데 아르바이트가 있어서 못 쉴 것 같아요.

❻ 가: 이 책 안 읽었어요?

　나: 아니요. _____. 그런데 읽은 지 오래돼서 기억이 잘 안나요.

✏ -는 게 좋겠다

1 〈보기〉와 같이 이야기한 후 쓰세요.

> 보기
>
> 가: 여기에 고려대학교에 가는 버스는 없어요?
>
> 나: 버스도 있기는 한데 좀 돌아가니까 <u>지하철을 타는게 좋겠어요.</u>

❶ 가: 많이 늦었으니까 _____

　나: 네. 제가 택시를 잡을게요.

❷ 가: 학교까지 걸어서 가도 되지요?

　나: 네. 별로 멀지 않으니까 _____

❸ 가: 지하철을 탈까요? 아니면 버스를 탈까요?

　나: 지하철은 많이 돌아가니까 _____

❹ 가: 오늘은 날씨가 많이 추운 것 같아요.

　나: 그럼 옷을 따뜻하게 _____

❺ 가: 저 의자에 좀 _____

　나: 그래요. 오래 걸어서 다리가 많이 아프네요.

❻ 가: 이 문제를 누구한테 이야기할까요?

　나: 선생님한테 _____

✎ –는/(으)ㄴ데

1 〈보기〉와 같이 이야기한 후 쓰세요.

> **보기**
>
> 가: 저기요, 이 버스가 명동에 가요?
>
> 나: __가는데__ 많이 돌아가요.

❶ 가: 실례합니다만, 여기에 150번 버스가 서요?

　　나: 네. _____ 자주 안 와요.

❷ 가: 교보문고에 갈 때 1호선을 타면 돼요?

　　나: _____ 내려서 많이 걸어야 돼요.

❸ 가: 이번 방학에 뭐 하고 싶어요?

　　나: 제주도에 _____ 비행기표 예약을 아직 못 했어요.

❹ 가: 안암역에서 청담역까지 가는 거 복잡하지요?

　　나: _____ 시간은 별로 안 걸려요.

❺ 가: 저 사람 가수지요?

　　나: 네. _____ 텔레비전에는 잘 안 나와요.

❻ 가: 어제 수진이한테 전화했어요?

　　나: _____ 계속 전화를 안 받았어요.

✏️ -마다

1 〈보기〉와 같이 이야기한 후에 쓰세요.

> **보기**
>
> 가: 종로에 가는 버스가 자주 와요?
>
> 나: 네. <u>15분마다 와요.</u> (15분)

❶ 가: 여기 시내에 가는 버스가 있어요?

　나: 네. _____ (20분)

❷ 가: 대전행 기차는 얼마나 자주 있어요?

　나: _____ (한 시간)

❸ 가: 수원행 지하철이 얼마나 자주 와요?

　나: _____ (5분)

❹ 가: 해외여행을 자주 가는 편이에요?

　나: 네. _____ (휴가 때)

❺ 가: 이 약은 어떻게 먹으면 돼요?

　나: _____ (식후 30분)

❻ 가: 취미가 등산이에요?

　나: 네. _____ (주말)

말하기 연습

1 다음을 이야기한 후에 쓰세요.

1) 가: 저기요, _____

　　여기 명동에 가는 버스가 얼마나 자주 와요?

　나: _____

　가: 고맙습니다.

┌─ **버스 시간표** ─┐
명동 방면
10 : 10
10 : 15
10 : 20
└──────────┘

2) 가: 실례지만 이번에 오는 지하철을 타면 서울역에 가요?

　나: _____

　　그런데 갈아타야 돼요.

　가: 그럼 어디에서 갈아타야 돼요?

　나: _____

　가: 감사합니다.

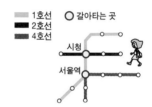

　▬ 1호선　○ 갈아타는 곳
　▬ 2호선
　▬ 4호선
　　시청
　서울역

3) 가: 영미 씨, 여기서 광화문에 갈 때 어떻게 가야 돼요?

　나: 버스가 있기는 한데 지금은 길이 막히니까

　　_____

　가: 이 근처에 지하철역이 있어요?

　나: 네. 왕십리역이 근처에 있어요.

　　거기서 _____

　가: 왕십리역에서 광화문역까지 시간이 오래 걸려요?

　나: _____

┌──────────────┐
지하철 5호선
〈까치산 방면〉
왕십리 ┈ **20분** ┈▶ 광화문
　　◀┈┈┈┈
〈상일동 방면〉
└──────────────┘

1 다음은 예술의 전당에 가는 길을 쓴 메모입니다. 잘 읽고 내용과 맞으면 ○, 틀리면 ×하세요.

〈예술의전당 오시는 길〉

＊3호선 남부터미널(예술의전당)역이나 2호선 서초역에 내려서
걸어 오세요. 10분쯤 걸립니다.

– 지하철역에 내려서 셔틀버스를 타면 5분 걸립니다.

– 셔틀버스 시간표 1:00, 1:20, 1:40, 2:00, ……

1) 지하철을 타면 예술의전당 앞까지 갈 수 있다. ○ ×

2) 셔틀버스는 20분마다 있다. ○ ×

3) 지하철역에서 셔틀버스를 이용하면 10분 정도 걸린다. ○ ×

1 다음은 린다 씨가 자주 가는 곳입니다. 린다 씨가 되어 자주 가는 곳의
교통편에 대해 소개하는 글을 써 보세요.

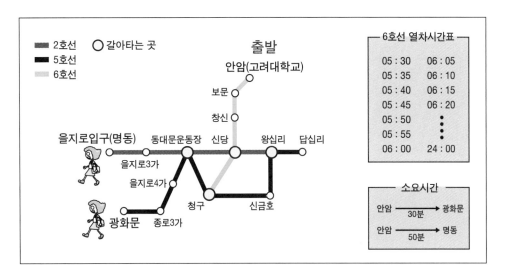

1) 다음을 메모해 보세요.

자주 가는 곳	어디에서 갈아타요?	어디에서 내려요?	시간이 얼마나 걸려요?
광화문			
명동			

2) 자주 가는 곳과 가는 방법을 소개하는 글을 써 보세요.

_____

_____

제9과 기분·감정

학습 목표
기분 및 감정에 대하여 묻고 답할 수 있다.

주제	기분과 감정
기능	기분 및 감정에 대하여 이야기하기
	축하나 격려하기
연습	말하기: 기분 및 감정에 대하여 묻고 답하기
	읽기 : 고민에 대하여 쓴 이메일의 내용 파악하기
	쓰기 : 마이클 씨의 기분을 설명하는 글 쓰기
어휘	기분, 감정 관련 표현
문법	– 불규칙, –(으)면서, –겠–, –지 않다, –(으)ㄹ까 봐

제9과 기분·감정

어휘와 표현

1 다음을 보고 알맞은 말을 연결하세요.

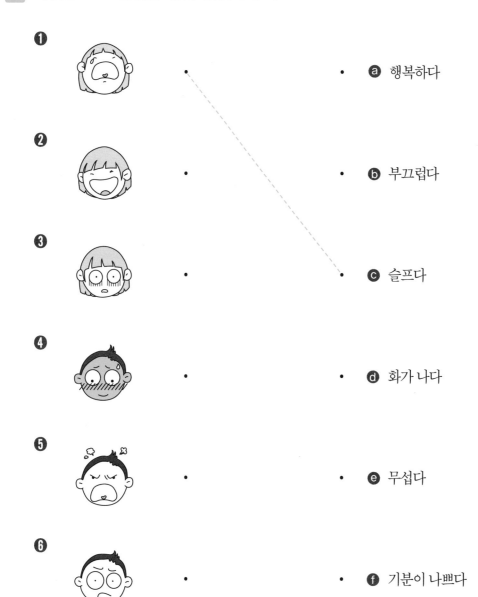

①   •   • ⓐ 행복하다

②   •   • ⓑ 부끄럽다

③   •   • ⓒ 슬프다

④   •   • ⓓ 화가 나다

⑤   •   • ⓔ 무섭다

⑥   •   • ⓕ 기분이 나쁘다

2 다음을 읽고 빈 칸에 알맞은 말을 〈보기〉에서 찾아 쓰세요.

외롭다	기쁘다	긴장되다
섭섭하다	창피하다	속상하다

❶ 가: 5분 후에 시험이 시작돼요. 너무 _____

　 나: 떨지 마세요. 잘 할 수 있을 거예요.

❷ 가: 고향에 있는 가족들이 보고 싶지 않아?

　 나: 응, 보고 싶어. 지금은 혼자 있어서 _____

❸ 가: 장학금을 받은 기분이 어때요?

　 나: 정말 _____. 날아갈 것 같아요.

❹ 가: 아르바이트해서 번 돈을 모두 잃어버려서 _____

　 나: 힘내세요. 돈은 또 벌면 돼요.

❺ 가: 와, 한국말 정말 잘 하네요. 그런데 왜 그렇게 얼굴이 빨개졌어요?

　 나: 발표할 때 실수를 많이 해서 너무 _____

❻ 가: 미키야, 일본으로 돌아가면 꼭 연락해.

　 나: 응. 헤어지게 되어서 _____

✎ ㅡ 불규칙

1 〈보기〉와 같이 이야기한 후에 쓰세요.

> **보기**
>
> 가: 아직도 많이 아파요?
>
> 나: 아니요. 어제는 좀 __아팠지만__ 오늘은 괜찮아요.

❶ 가: 저 영화 정말 슬프지요?

   나: 맞아요. 저는 너무 ＿＿＿＿＿＿＿＿＿＿ 처음부터 끝까지 울었어요.

❷ 가: 아르바이트 때문에 많이 바쁘지요?

   나: 좀 ＿＿＿＿＿＿＿＿＿ 재미도 있고 한국어 연습도 할 수 있어서 좋아요.

❸ 가: 졸업 축하해. 기쁘지?

   나: 응. 정말 ＿＿＿＿＿＿＿＿＿＿＿. 그런데 취직 때문에 걱정도 돼.

❹ 가: 무슨 기분 나쁜 일 있었어요?

   나: 네. 친구하고 싸워서 기분이 좀 ＿＿＿＿＿＿＿＿＿＿＿＿

❺ 가: 아침을 안 먹어서 배가 좀 고파요.

   나: 그래요? 저도 ＿＿＿＿＿＿＿＿＿＿ 같이 밥 먹으러 갈래요?

❻ 가: 수진 씨는 요즘에도 매일 일기를 쓰세요?

   나: 전에는 매일 ＿＿＿＿＿＿＿＿＿＿ 요즘은 거의 안 써요.

✎ –(으)면서

1 그림을 보고 〈보기〉와 같이 이야기한 후에 쓰세요.

> **보기**
>
>
>
> 가: 현우 씨는 보통 도서관에서 공부해요?
>
> 나: 아니요, 집에서 <u>음악을 들으면서</u> 공부해요.

❶

가: 준성 씨는 기분이 나쁠 때는 어떻게 해요?

나: _____ 노래를 해요.

❷

가: 밍밍 씨는 화가 많이 나면 어떻게 해요?

나: _____ 친구하고 전화를 해요.

❸

가: 어제 제가 전화했을 때 뭐 하고 있었어요?

나: _____ 밥을 먹고 있었어요.

❹

가: 하루코 씨는 왜 항상 그렇게 바빠요?

나: 제가 요즘 _____ 한국어 공부도

하고 있어서요.

🖋 -겠-

1 〈보기〉와 같이 이야기한 후에 쓰세요.

> 가: 장학금을 받아서 <u>기분이 좋겠어요.</u>
>
> 나: 네, 정말 기분이 좋아요.

❶ 가: 고양이가 죽어서 너무 _____

　 나: 네, 정말 슬퍼요.

❷ 가: 남자 친구가 군대에 가서 _____

　 나: 아니요, 별로 안 외로워요.

❸ 가: 사람들 앞에서 넘어져서 _____

　 나: 네, 지금 너무 창피해요.

❹ 가: 아침에 넘어져서 무릎을 다쳤는데 지금도 계속 아파요.

　 나: 어디 봐요. 와, 정말 _____

❺ 가: 저 취직 시험에 합격했어요. 연락 받고서 너무 기뻐서 막 울었어요.

　 나: 정말 축하해요. 진짜 _____

❻ 가: 요즘 걱정이 좀 많아요. 돈도 없고 아르바이트도 아직 못 구해서요.

　 나: 수미 씨, 정말 _____. 그래도 힘내세요.

✎ –지 않다

1 〈보기〉와 같이 이야기한 후에 쓰세요.

> **보기**
>
> 가: 어제 본 영화 많이 슬퍼요?
>
> 나: <u>아니요, 슬프지 않아요.</u>

❶ 가: 일이 잘 안 돼서 짜증나지요?

　　나: _____

❷ 가: 시험을 못 봐서 많이 속상해요?

　　나: _____

❸ 가: 오늘 발표하는 날이어서 많이 긴장되지?

　　나: _____

❹ 가: 토마스 씨는 지난 학기에 성적이 좋았어요?

　　나: _____

❺ 가: 왕몽 씨도 음악을 듣는 것을 _____

　　나: 네, 저도 음악을 듣는 거 정말 좋아해요.

❻ 가: 그동안 부모님을 못 봐서 많이 _____

　　나: 네, 좀 외로웠어요.

🖊 -(으)ㄹ까 봐

1 〈보기〉와 같이 이야기한 후에 쓰세요.

❶ 가: _____ 잠을 한 숨도 못 잤어요.

　　나: 면접에서 실수를 좀 해도 괜찮아요. 실수 안 하는 사람이 어디 있어요?

❷ 가: _____ 아직 이야기를 못 했어요.

　　나: 어머니가 화를 내서도 사실대로 이야기하는 게 좋을 것 같아요.

❸ 가: _____ 너무 고민돼.

　　나: 시험 성적이 나쁘면 어때? 다음에 잘하면 되지.

❹ 가: _____ 걱정했어요.

　　나: 아니에요, 마음에 들어요. 선물 정말 고마워요.

❺ 가: 먹고 싶지만 _____ 못 먹겠어요.

　　나: 이건 먹어도 살찌지 않으니까 좀 드세요.

❻ 가: 또 _____ 오늘은 한 시간 일찍 집에서 나왔어요.

　　나: 그래요? 오늘은 정말 안 늦었네요.

말하기 연습

1 그림을 보고 이야기한 후에 쓰세요.

1)

가: 무슨 걱정이 있어요? 안색이 안 좋아요.

나: _____

너무 걱정이 돼요.

가: 열심히 공부했으니까 시험에 떨어지지 않을 거예요.

2)

가: 면접에서 실수를 많이 했어요.

나: 준비를 많이 했는데 _____

가: 네, 너무 속상해요.

나: 린다 씨는 속상할 때 어떻게 해요?

가: 저는 _____

나: 그럼, 같이 음악을 들을까요?

제가 커피도 타 올게요.

3)

가: 마지드 씨, 오늘 무슨 좋을 일 있어요?

나: 시험에서 _____

가: 100점이요? 와, _____

나: 네, 기분이 정말 좋아요. 영진 씨 덕분이에요.

공부를 도와줘서 고마워요. 힘들었지요?

가: 아니요. 전혀 _____. 재미있었어요.

나: 제가 맛있는 거 살게요. 저녁 같이 먹어요.

1 다음은 린다 씨가 자기의 고민에 대하여 쓴 이메일입니다. 잘 읽고 맞으면 O, 틀리면 X하세요.

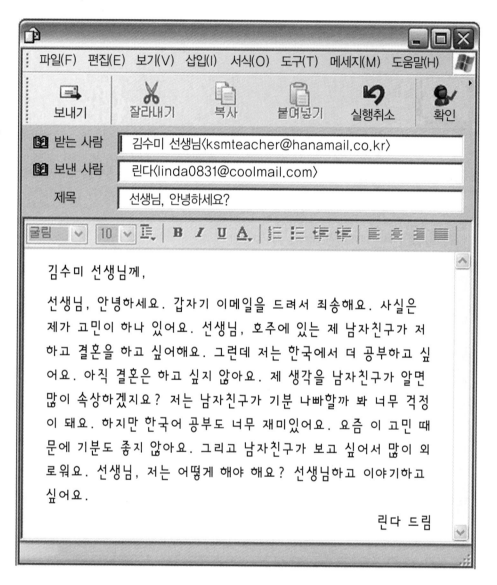

1) 린다 씨는 요즘 많이 외롭고 기분이 좋지 않습니다. [O] [X]

2) 린다 씨는 남자친구가 결혼에 관심이 없어서 고민입니다. [O] [X]

3) 린다 씨는 한국어 공부가 어려워서 호주에 돌아가고 싶어합니다. [O] [X]

1 다음은 오늘 마이클 씨에게 있었던 일입니다. 마이클 씨의 기분이 어땠을까요? 잘 읽고 물음에 답하세요.

1) 오늘 마이클 씨에게는 어떤 일이 있었습니까?

_____

_____

2) 마이클 씨는 위의 일들 때문에 기분이 어땠을까요? 생각해 보세요.

_____

_____

3) 위의 메모를 바탕으로 여러분이 마이클 씨가 되어 하루 동안 경험한 일들과

그 때의 기분에 대하여 글을 써 봅시다.

_____

_____

제10과 여행

학습 목표
여행 경험에 대해 이야기할 수 있다.

주제	여행
기능	여행 경험 소개하기
연습	말하기 : 여행 경험에 대해 묻고 답하기
	읽기 : 여행 경험에 대한 글 읽기
	쓰기 : 여행 일정을 보고 여행을 소개하는 글 쓰기
어휘	여행지, 느낌
문법	–거나, –(으)ㄴ 적이 있다/없다, –아/어/여 있다,
	–밖에 안/못/없다

제10과 여행

어휘와 표현

1 그림을 보고 알맞은 말을 연결하세요.

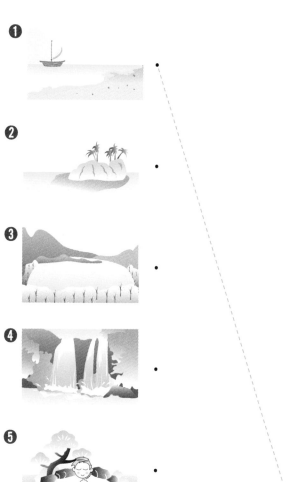

❶ ·   · ⓐ 섬

❷ ·   · ⓑ 호수

❸ ·   · ⓒ 절

❹ ·   · ⓓ 온천

❺ ·   · ⓔ 폭포

❻ ·   · ⓕ 바닷가

2 다음 〈보기〉에서 알맞은 말을 골라 넣으세요.

끝내주다 신기하다 감동적이다 실망스럽다 이국적이다

❶ 가: 제주도에서 먹은 회는 맛있었어요?

나: 네. 맛이 _____

❷ 가: 호주 여행은 어땠어요?

나: 캥거루를 처음 봐서 _____

❸ 가: 경주 여행에서 가장 인상적인 것이 뭐였어요?

나: 석가탑에 대한 이야기를 들었는데 이야기가 정말 _____

❹ 가: 여행 잘 다녀왔어요?

나: 별로 볼 것이 없어서 좀 _____

❺ 가: 하이난은 다른 나라 같지요?

나: 네. 외국 사람들도 많고 야자나무가 많아서 _____

✎ –거나

1 그림을 보고 〈보기〉와 같이 이야기한 후 써 보세요.

보기

가: 휴가 때에는 뭐 할 거예요?

나: <u>산에 가거나</u> 집에서 쉴 거예요.

❶

가: 여행 가서 뭐 할 거예요?

나: _____ 낚시를 할 거예요.

❷

가: 이천에 가서 뭘 할 거예요?

나: _____ 박물관을 구경할 거예요.

❸

가: 어떻게 하면 여행 경비가 많이 들지 않을까요?

나: _____ 배를 타고 가세요.

❹

가: 언제 부모님이 보고 싶어요?

나: _____ 슬플 때 보고 싶어요.

❺

가: 이 옷은 어떤 사람한테 잘 어울릴 것 같아요?

나: _____ 마른 사람한테 어울릴 것 같아요.

✍ –(으)ㄴ 적이 있다/없다

1 〈보기〉와 같이 이야기한 후에 쓰세요.

> **보기**
>
> 가: 설악산에 가 봤어요?
>
> 나: 네. _설악산에 가 본 적이 있어요._

❶ 가: 할인 항공권을 이용해 본 적이 있어요?

　나: 아니요. _____

❷ 가: 멕시코 요리를 먹어 봤어요?

　나: 네. _____

❸ 가: 민박을 하는 것은 처음이에요?

　나: 네. 전에는 한 번도 _____

❹ 가: 학생 할인을 받아 봤어요?

　나: 네. _____

❺ 가: 수미 씨도 이 책을 읽었어요?

　나: 아니요. 그 책은 _____

❻ 가: 전에도 서울에서 _____

　나: 네. 중학교 다닐 때 서울에서 살았어요.

✏️ –아/어/여 있다

1. 그림을 보고 〈보기〉와 같이 이야기한 후 써 보세요.

보기

가: 북한산 어땠어요?

나: <u>꽃이 피어 있어서</u> 너무 아름다웠어요.

❶

가: 박물관 구경을 잘 했어요?

나: 박물관 문이 _____ 그냥 왔어요.

❷

가: 제주도는 서울과 다르지요?

나: 네. 야자수가 _____ 이국적이었어요.

❸

가: 여행 가서 사진 많이 찍었어요?

나: 네, 예쁜 집들이 _____ 사진을

많이 찍고 왔어요.

❹

가: 누가 마이클 씨에요?

나: 저기 의자에 _____ 사람이에요.

❺

가: 미라도 집에 들어 왔어요?

나: 네. 방에 불이 _____

2 그림을 보고 이야기한 후 써 보세요.

지금 방 안에는 수미 씨와 주영 씨가 있어요.

문은 _____. 그렇지만 창문은 _____

수미 씨와 주영 씨는 의자에 앉아 있어요.

수미 씨는 _____. 그리고 주영 씨는 _____

벽에는 _____

–밖에 안/못/없다

1 〈보기〉와 같이 이야기한 후 써 보세요.

> **보기**
>
> 2박 3일 ➡ 가: 얼마나 여행했어요?
>
> 나: 휴가가 짧아서 <u>이박 삼일밖에 여행을 못 했어요.</u>

❶ 서울 ➡ 가: 한국에서 유명한 곳에 많이 가 봤어요?

나: 아니요. _____

❷ 한 번 ➡ 가: 제주도에 많이 가 봤어요?

나: 아니요. _____

❸ 불고기 ➡ 가: 한국 음식을 많이 먹었어요?

나: 아니요. _____

❹ 교통비 ➡ 가: 여행비를 많이 썼어요?

나: 친구 집에서 숙박을 해서 _____

❺ 박물관 ➡ 가: 유명한 곳에 많이 갔어요?

나: 비가 많이 와서 _____

❻ 2명 ➡ 가: 지금 식당에 사람이 많아요?

나: 아니요. _____

말하기 연습

1 이야기한 후에 쓰세요.

❶ 가: 부산 여행은 어땠어요?

나: 끝내줬어요.

가: 저는 아직 부산에 _____

　　부산은 어때요?

나: 시내 근처에 바다가 있는데 아주 아름다워요.

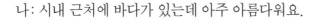

가: 부산에 가서 뭐 했어요?

나: 바다에 가서 _____

　　그리고 부산 시내 여기저기를 구경했어요.

가: 정말 좋았겠어요. 저도 부산에 꼭 한 번 가 보고 싶어요.

❷ 가: 방학에 여행을 가고 싶은데 어디에 가면 좋을까요?

나: 전에 제주도에 _____

가: 아니요, 아직 못 가 봤어요. 그런데 제주도는

　　어때요?

나: 서울과 많이 달라요.

　　야자나무가 서 있어서 _____

나: 여행비는 얼마나 들었어요?

가: 저는 _____ 많이 들지 않았어요.

1 크리스나 씨의 여행 경험에 대한 설명입니다. 잘 읽고 물음에 답하세요.

> 나는 지난 방학에 친구들하고 같이 전주 여행을 다녀왔어요. 우리는 전주에 고속버스를 타고 갔어요. 그리고 1박 2일 동안 여행했어요. 나는 전주에 가 본 적이 없어서 정말 즐거웠어요.
>
> 전주는 한옥마을과 비빔밥이 유명해요. 그리고 한국의 전통문화를 배울 수 있는 곳이 많았어요. 한옥마을에서는 여러가지 민속놀이를 해 봤어요. 그리고 전주비빔밥은 서울에서 먹은 것과 다르게 정말 맛있었어요. 이번 여행은 정말 잊을 수 없을 거예요.

1) 다음을 잘 읽고 맞으면 ○, 틀리면 ×에 표시하세요.

(1) 전주에 갈 때 고속버스를 이용했어요.　　　　○　×

(2) 크리스나 씨는 전에도 전주에 가 봤어요.　　　○　×

(3) 전주에는 한국문화를 공부할 수 있는 곳이 많아요.　○　×

2) 크리스나 씨는 전주에서 무엇을 했어요? 이야기해 보세요.

1 다음은 마이클 씨가 다녀온 여행 일정입니다. 다음을 보고 여러분이 마이클 씨가 되어 여행에 대해 설명하는 글을 쓰세요.

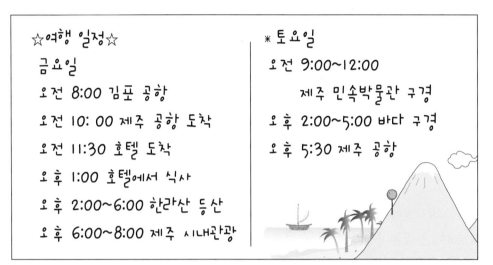

☆여행 일정☆

금요일
오전 8:00 김포 공항
오전 10:00 제주 공항 도착
오전 11:30 호텔 도착
오후 1:00 호텔에서 식사
오후 2:00~6:00 한라산 등산
오후 6:00~8:00 제주 시내관광

＊토요일
오전 9:00~12:00
　　제주 민속박물관 구경
오후 2:00~5:00 바다 구경
오후 5:30 제주 공항

1) 먼저 다음 질문에 대답하세요.

(1) 마이클 씨는 어디로 여행을 갔어요? 뭘 타고 갔어요?

➡ _____

(2) 마이클 씨는 어디에 갔어요? 순서대로 메모해 보세요.

| 호텔 | ➡ | | ➡ | 제주 시내 | ➡ | | ➡ | |

(3) 얼마동안 갔어요?

➡ _____
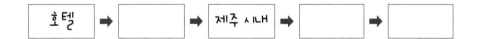

2) 메모를 보고 여러분이 마이클 씨가 되어 여행 경험을 소개하는 글을 쓰세요.

_____

_____

종합 연습 II

1 〈보기〉와 같이 [___] 와 관계있는 말을 고르세요.

> **보기**
>
> 짜요 − 써요 − 달아요
>
> ❶ 날씨　　　　　❷ 맛　　　　　❸ 취미　　　　　❹ 음식

1) 섬 − 호수 − 온천

❶ 계절　　　　　❷ 여행　　　　　❸ 날씨　　　　　❹ 교통

2) 행복하다 − 창피하다 − 슬프다

❶ 병　　　　　❷ 모양　　　　　❸ 감정　　　　　❹ 특기

3) 체격이 크다 − 얼굴이 동그랗다 − 마르다

❶ 직업　　　　　❷ 외모　　　　　❸ 복장　　　　　❹ 유행

2 다음 밑줄에 알맞은 말을 고르세요.

1) 가: 영진 씨도 눈이 나빠요?

　나: 네. 그래서 안경을 _____.

❶ 매요　　　　　❷ 써요　　　　　❸ 신어요　　　　　❹ 입어요

2) 가: 이번 여행 어땠어요?

　나: 많이 기대했었는데 생각보다 별로라서 좀 _____.

❶ 끝내 줬어요　　　　　　　　　❷ 환상적이었어요

❸ 감동적이었어요　　　　　　　❹ 실망스러웠어요

3) 가: 건강하게 잘 지내세요. 자주 연락 드릴게요.

　나: 그래도 이렇게 헤어지게 되어서 좀 _____.

❶ 긴장돼요　　　　　❷ 섭섭해요　　　　　❸ 외로워요　　　　　❹ 부끄러워요

3 다음에서 알맞은 말을 골라 대화를 완성하세요.

1) 걸리다 – 쌓이다 – 닫히다

가: 산에 낙엽이 많이 ＿＿＿＿＿＿＿ 있었지요?

나: 네. 그래서 산이 더 아름다웠어요.

2) 복잡하다 – 한 번에 가다 – 한참 걸리다

가: 약속 시간 전에 도착할 수 있을까요?

나: 길에 차가 많아서 시간이 ＿＿＿＿＿＿＿＿

3) 한가하다 – 그저 그렇다 – 정신이 없다

가: 준성 씨, 요즘도 많이 바빠요?

나: 네. 너무 바빠서 ＿＿＿＿＿＿＿＿＿

4 다음 밑줄에 알맞은 말을 고르세요.

1) 가: 토마스 씨는 긴장이 될 때 어떻게 해요?

나: 노래를 ＿＿＿＿＿＿＿ 소리를 질러요.

❶ 불러서　　　　❷ 부르면　　　　❸ 부르거나　　　　❹ 부르는데

2) 가: 부모님께 전화 자주 드려요?

나: 네. 토요일 ＿＿＿＿＿＿ 전화를 드려요.

❶ 마다　　　　❷ 처럼　　　　❸ 만큼　　　　❹ 보다

3) 가: 언제쯤 출발할까요?

나: 지금 길이 좀 막히니까 좀 일찍 ＿＿＿＿＿＿＿.

❶ 출발한 적이 없어요　　　　　　❷ 출발하지 않아요

❸ 출발하는 게 좋겠어요　　　　　❹ 출발하기는 했어요

5 다음 ⬚ 의 단어를 알맞은 형태로 바꾸어 밑줄에 쓰세요.

1) ⬚ 짜증이 나다 ⬚   가: 어제 수미가 늦게 와서 영화를 못 봤어요.

   나: 정말 _____

2) ⬚ 오래간만이다 ⬚   가: _____. 그동안 잘 지냈지?

   나: 응. 잘 지냈어.

3) ⬚ 매다 ⬚   가: 저 사람이 현우 씨예요?

   나: 아니요, 그 옆에 파란색 넥타이를 _____ 사람이에요.

6 〈보기〉와 같이 ⬚ 와 관계있는 말을 고르세요.

> 보기
>
> ⬚ 감기에 걸리다 – 수영 – 못 – 하다 ⬚
>
> <u>감기에 걸려서 수영을 못 해요.</u>

1) ⬚ 입학 시험 – 떨어지다 – 걱정이다 ⬚

   _____

2) ⬚ 잠 – 두 시간 – 못 – 자다 – 피곤하다 ⬚

   _____

3) ⬚ 제주도 – 야자수 – 서다 – 이국적이다 ⬚

   _____

7 그림을 보고 대화의 밑줄에 알맞은 표현을 쓰세요.

1)

가: 영준 씨는 텔레비전을 많이 보는 편이에요?

나: 아니요, 많이 보는 편은 아니지만

보통 저녁을 _____

2)

가: 요즘 어떻게 지내?

나: 다음 주가 _____. 그래서 좀 바빠.

3)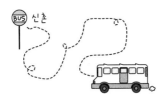

가: 이 버스 신촌에 가요?

나: 네. 신촌에 _____ 가는데 좀 돌아가요.

8 그림을 보고 밑줄에 알맞은 표현을 쓰세요.

1)

가: 실례합니다. 마로니에 공원에 가려면 어디에서 내려야 돼요?

나: _____

가: 시간이 얼마나 걸릴까요?

나: 혜화역에서 _____

가: 네. 감사합니다.

2)

가: 키에 씨, 제주도에 가 봤어요?

나: 네. 전에 _____

가: 한라산에는 올라갔어요?

나: 네, 제가 한라산에 갔을 때는

_____ 끝내 줬어요.

가: 정말 좋았겠네요. 저도 꼭 한번 가 보고 싶어요.

9 다음 문장의 순서를 바꿔 자연스러운 대화를 만드세요.

1) 가: 네, 좀 긴장돼요. 그리고 실수를 할까 봐 걱정이에요.

   나: 프란카 씨, 요즘 무슨 걱정되는 일이 있어요?

   다: 그래요? 정말 긴장되겠네요.

   라: 네, 사실은 다음 주에 면접 시험이 있어요.

   마: 그 동안 열심히 준비했으니까 잘 될 거예요. 너무 걱정하지 마세요.

   바: 고마워요. 혜원 씨 이야기를 들으니까 좀 괜찮아진 것 같아요.

   나 - (　) - (　) - (　) - 마 - (　)

2) 가: 그래. 정말 오랜만이야.

   나: 응, 덕분에 잘 지냈어. 방학동안 뭐 했니?

   다: 안녕. 오랜만이야.

   라: 지금 바쁜 일이 없으면 오랜만에 차나 한 잔 할까?

   마: 응, 한국에서 아르바이트를 좀 했어.

   바: 방학동안 고향에 다녀왔어. 너는 계속 한국에 있었니?

   사: 그동안 잘 지냈어?

   아: 그래, 차 마시면서 이야기하자.

   (　) - 가 - (　) - (　) - (　) - 마 - (　) - (　)

10 다음을 읽고 알맞은 말을 쓰세요.

1) 아래의 ㄱ)이 의미하는 것이 무엇인지 아래에 쓰세요.

> 내가 다니는 회사는 신촌역 근처에 있습니다.
>
> 우리집에서 회사 앞까지 가는 버스가 있기는 하지만 아침에는 차가 많이 막히는 편입니다. ㄱ) <u>그래서</u> 저는 지하철을 타고 출근합니다.

---

2) 아래의 글의 밑줄에 알맞은 말을 쓰세요.

> 지난 주에 여자친구의 부모님을 처음 만났습니다.
>
> 여자친구의 부모님과 식사를 했는데 저는 너무 떨리고 _____
>
> 밥을 먹을 수 없었습니다.

---

11 다음을 읽고 질문에 답하세요.

> 지난 주에 저와 제일 친한 린다 씨가 고향으로 돌아갔습니다. 주말마다 린다 씨와 함께 공부도 하고 재미있게 지냈기 때문에 이번 주말은 린다 씨 생각이 많이 납니다. 힘들 때나 즐거울 때 린다 씨는 저에게 늘 좋은 ㄱ) _____ 였습니다. 그래서 린다 씨가 정말 보고 싶습니다.

1) 이 사람의 기분은 어떻습니까?

❶ 짜증납니다   ❷ 우울합니다   ❸ 행복합니다   ❹ 창피합니다

2) ㄱ)에 알맞은 말을 쓰세요. _____

다음을 읽고 질문에 답하세요.

> 저는 지난 휴가 동안 친구들과 부산에 다녀왔습니다. 우리는 지난번에 부산까지 기차를 타고 가 본 적이 있습니다.
>
> 그래서 이번에는 버스를 타고 갔는데 길이 막혀서 시간이 좀 많이 걸렸습니다. 먼저 호텔에 도착한 후에 호텔 식당에서 점심을 먹고 부산 시내 여기저기를 구경했습니다. 부산은 시내 근처에 크고 예쁜 바다가 많아서 신기했습니다.
>
> 그리고 유명한 시장도 있어서 볼 것이 많았습니다. 우리는 기차보다 요금이 싼 버스를 이용하고 호텔을 인터넷으로 미리 예약했습니다. 그리고 부산에서는 학생 할인도 받을 수 있는 곳이 많아서 ㉠여행비를 아낄 수 있었습니다. 휴가 기간이 짧아서 이틀밖에 여행을 못 했지만 정말 즐거운 여행이었습니다.

1) 이 글의 제목으로 알맞은 것을 고르세요.

❶ 부산 여행   ❷ 부산까지 교통편

❸ 부산의 숙박 안내   ❹ 부산의 유명한 곳

2) ㉠를 위해 이 사람이 한 것이 아닌 것을 고르세요.

❶ 학생 할인을 받았습니다.

❷ 점심은 시장에서 먹었습니다.

❸ 부산까지 버스를 이용했습니다.

❹ 호텔을 인터넷으로 예약했습니다.

3) 위 글의 내용과 같은 것을 고르세요.

❶ 이 사람은 부산에 처음 가 봅니다.

❷ 3박 4일동안 부산을 여행했습니다.

❸ 부산 시내 근처에 있는 바다에 다녀왔습니다.

❹ 버스를 타고 가서 평소보다 빨리 도착했습니다.

제11과 **부탁**

학습 목표

부탁을 하고 다른 사람의 부탁을 들어주거나 거절할 수 있다.

주제	부탁하기
기능	부탁하기
	부탁을 들어주거나 거절하기
연습	말하기 : 부탁하는 내용의 대화하기
	읽기 : 부탁하는 내용의 메모 읽기
	쓰기 : 친구에게 부탁하는 내용의 글 쓰기
어휘	부탁 및 거절, 부탁 내용
문법	-는/(으)ㄴ데, -아/어/여 주다, -기는요, -(이)든지

제11과 **부탁**

1. 그림을 보고 알맞은 말을 연결하세요.

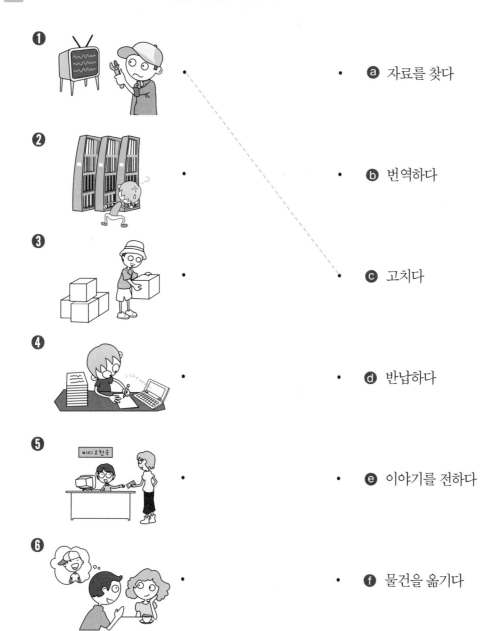

❶

❷

❸

❹

❺

❻

ⓐ 자료를 찾다

ⓑ 번역하다

ⓒ 고치다

ⓓ 반납하다

ⓔ 이야기를 전하다

ⓕ 물건을 옮기다

2 다음을 읽고 빈 칸에 알맞은 말을 〈보기〉에서 찾아 쓰세요.

부탁하다	부탁을 받다	부탁을 들어 드리다
도와주다	거절하다	

오늘 아침 지하철 역에서 할머니 한 분이 나에게 물어보셨다.

"학생, 좀 ❶ _____?" 할머니 옆에는 큰 짐이 있었다. 할머니

는 그 짐을 가지고 계단을 올라갈 수 없어서 나한테 ❷ _____

것 같았다. 도와 드리고 싶었지만, 학교에 늦을까 봐 나는 그 할머니의

부탁을 ❸ _____. 하지만 학교에 온 후에도 계속 그 일이 생

각났다. 학교에 좀 늦어도 그 할머니의 ❹ _____ 좋았을 것이

다. 앞으로는 그런 ❺ _____ 잘 도와 드려야겠다.

–는/(으)ㄴ데

1 〈보기〉와 같이 이야기한 후에 쓰세요.

> 보기
>
> 가: **부탁이 있는데** 시간 있어요? (부탁이 있다)
>
> 나: 지금 괜찮으니까 이야기해 보세요.

❶ 가: _____ 잠깐 이야기 할 수 있어요? (부탁을 하나 하고 싶다)

　 나: 잠시 후에 회의가 있으니까 회의 끝나고 이야기할래요?

❷ 가: _____ 도서관에 갈 시간이 없어요. (책을 반납해야 하다)

　 나: 제가 지금 도서관에 가니까 대신 반납해 드릴게요.

❸ 가: _____ 한국어 공부 좀 도와줄 수 있어요? (내일이 시험이다)

　 나: 그럼요. 오늘 저녁에 시간이 있으니까 같이 도서관에 가요.

❹ 가: _____ 좀 도와 줄 수 있어요? (번역할 자료가 생겼다)

　 나: 죄송하지만, 지금 좀 시간이 없어요. 나중에 이야기하면 안 될까요?

❺ 가: _____ 네 거 좀 써도 돼? (내 휴대전화를 안 가지고 왔다)

　 나: 당연하지. 여기 있어.

❻ 가: _____ 저녁 안 먹었으면 같이 먹을래요? (지금 비빔밥을 만들다)

　 나: 어떡하지요? 저는 방금 전에 저녁 먹고 들어왔어요.

✏ –아/어/여 주다

1 〈보기〉와 같이 이야기한 후에 쓰세요.

> 보기
>
> 가: 누가 이것 좀 한국말로 설명해 줄 수 있어요?
>
> 나: 제가 **설명해 드릴게요.**

❶ 가: 실례지만 이 짐을 좀 옮겨 줄 수 있어요?

　 나: 네. 제가 _____

❷ 가: 혹시 안 바쁘면 이 문장을 한국어로 좀 번역해 줄 수 있어?

　 나: 응, 내가 지금 시간 있으니까 _____

❸ 가: 시계가 고장 났는데요, 이것 좀 빨리 고쳐 주실 수 있어요?

　 나: 응, 오후에 시간 있으니까 _____

❹ 가: 무거워서 그러는데 누가 이거 좀 _____

　 나: 선생님, 제가 들어 드릴게요. 이리 주세요.

❺ 가: 린다 씨, 한국어 사전이 있으면 좀 _____

　 나: 여기 있어요. 다 보고 나중에 돌려주세요.

❻ 가: 저는 아직 퇴근 준비가 안 되었는데 잠깐만 _____

　 나: 엘리베이터 앞에서 기다리고 있을게요. 빨리 오세요.

✏ –기는요

1 〈보기〉와 같이 이야기한 후에 쓰세요.

> **보기**
>
> 가: 도와줘서 정말 고마워요. 고생했지요?
>
> 나: **고생하기는요.** 재미있었어요.

❶ 가: 왜 이렇게 비싼 걸 샀어요. 돈이 많이 들었지요?

　　나: ＿＿＿＿＿＿＿＿＿＿＿＿＿＿. 별로 비싼 거 아니에요.

❷ 가: 짐 옮기느라고 수고했어요. 무거웠지요?

　　나: ＿＿＿＿＿＿＿＿＿＿＿＿＿＿. 별로 힘들지 않았어요.

❸ 가: 부탁할 것이 있는데, 요즘 바쁘지요?

　　나: ＿＿＿＿＿＿＿＿＿＿＿＿＿＿. 요즘 방학이라 시간이 좀 있어요.

❹ 가: 청소하는 걸 도와줘서 정말 고마워요.

　　나: ＿＿＿＿＿＿＿＿＿＿＿＿＿＿. 별 일 아닌데요, 뭐.

❺ 가: 바쁜데 이런 일까지 부탁해서 정말 미안해요.

　　나: ＿＿＿＿＿＿＿＿＿＿＿＿＿＿. 이런 일은 얼마든지 할 수 있어요.

❻ 가: 보고서 고치는 걸 부탁해서 미안해요. 어려웠지요?

　　나: ＿＿＿＿＿＿＿＿＿＿＿＿＿＿. 생각보다 어렵지 않았어요.

✏ -(이)든지

1 〈보기〉와 같이 이야기한 후에 쓰세요.

> **보기**
>
> 가: 사장님께 드릴 말씀이 있는데, 언제 뵈러 가면 좋을까요?
>
> 나: **언제든지** 오세요.

❶ 가: 오늘 점심에 뭐 먹으러 갈까요?

　 나: 한국 음식이라면 _____ 괜찮아요.

❷ 가: 이번 주말 여행은 어디로 가는 게 좋을까?

　 나: 나는 _____ 좋으니까 네가 결정해.

❸ 가: 외국 학생도 축구 동아리에 들어갈 수 있습니까?

　 나: 축구를 좋아하는 사람이면 _____ 환영입니다.

❹ 가: 김 대리, 보고서는 어떻게 할 겁니까? 오늘까지 끝낼 수 있겠어요?

　 나: 네, 사장님. _____ 오늘 안에는 끝내겠습니다.

❺ 가: 와! 집에 만화책이 정말 많네요. 제가 몇 권 빌려가도 돼요?

　 나: 그럼요. 전 다 본 거니깐 _____ 빌려가세요.

❻ 가: 숙제 때문에 질문이 있는데, 선생님 언제 시간이 있으세요?

　 나: 오늘 시간이 있으니까 _____ 사무실로 오세요.

말하기 연습

1 다음에 대해 이야기한 후에 쓰세요.

1) 가: _____ 지금 통화할 수 있어요?

   나: 네, 괜찮아요. 그런데 무슨 고민인데요?

2) 가: _____ 시간 있으세요?

   나: 부탁이요? 네. 시간 있으니까 이야기하세요.

   가: 감사합니다.

   나: _____. 편하게 생각하세요.

3) 가: 영준아, 있잖아. 내가 _____···.

   나: 무슨 부탁인데 그래? 말해 봐.

   가: 내가 이번 토요일에 이사를 가는데 _____

   나: 당연히 도와줄 수 있지.

   가: 고마워. 나도 다음에 네가 부탁하면 _____ 다 해 줄게.

4) 가: 김 대리님, 이 보고서 고치는 것 좀 _____

   나: 도와주고 싶은데 지금은 좀 바빠요. 오후에 하면 안 될까요?

   가: 아니요, 저는 괜찮습니다. 고맙습니다.

   나: _____. 그냥 커피 한 잔 _____

   가: 물론이지요. 커피라면 _____ 사 드릴 수 있습니다.

1️⃣ 다음은 크리스나 씨가 룸메이트 미키 씨에게 쓴 메모입니다. 잘 읽고 물음에 답하세요.

> 미키 씨.
>
> 미키 씨가 자고 있어서 이렇게 글을 쓰는 거예요.
>
> 미키 씨, 미안하지만 부탁을 좀 할게요. 이따가 오후에 세탁소에서 제가 맡긴 옷들을 가지고 올 거예요. 그러면 제가 책상 위에 돈을 올려 놓았으니까 그걸 아저씨에게 좀 전해 주세요. 그리고 세탁소 아저씨한테 제 방에 걸려 있는 겨울 옷 몇 가지 좀 맡겨 줄 수 있어요? 어제 늦게까지 공부해서 피곤할 것 같은데 이런 부탁을 해서 미안해요.
>
> 그럼 부탁해요. 고마워요.   크리스나 씀

1) 읽은 내용과 같으면 ○, 다르면 ×에 표시하세요.

   (1) 크리스나는 세탁소에 맡길 옷들이 있습니다.   ○ ×

   (2) 미키는 돈이 없어서 세탁물을 찾지 못했습니다.   ○ ×

   (3) 크리스나는 어젯밤 늦게까지 잠을 자지 않았습니다.   ○ ×

2) 크리스나가 미키에게 메모를 남긴 이유는 무엇입니까?

3) 크리스나가 미키에게 한 부탁은 모두 몇 가지입니까?

   그리고 그 부탁은 어떤 것입니까?

1 다음은 토마스가 오늘 할 일을 쓴 메모입니다. 그림을 보고 토마스가 같은
    방 친구, 현우에게 부탁하는 내용의 글을 써 보세요.

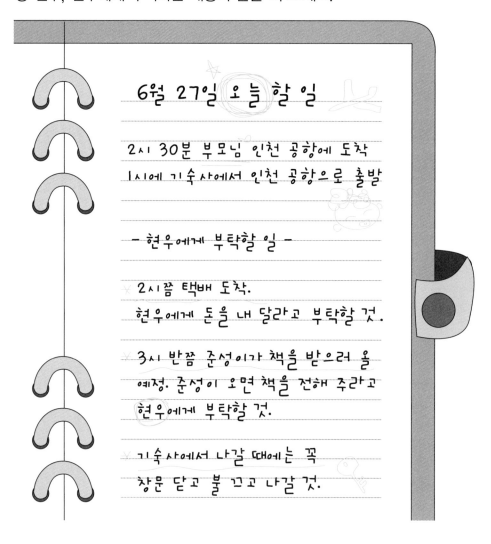

6월 27일 오늘 할 일

2시 30분 부모님 인천 공항에 도착
1시에 기숙사에서 인천 공항으로 출발

ー 현우에게 부탁할 일 ー

2시쯤 택배 도착.
현우에게 돈을 내 달라고 부탁할 것.

3시 반쯤 준성이가 책을 받으러 올
예정. 준성이 오면 책을 전해 주라고
현우에게 부탁할 것.

기숙사에서 나갈 때에는 꼭
창문 닫고 불 끄고 나갈 것.

1) 토마스가 오늘 현우에게 왜 부탁을 하려고 합니까?

_____

2) 토마스가 현우에게 부탁할 내용은 모두 몇 가지입니까?

_____

_____

3) 위의 메모를 보고 여러분이 토마스가 되어 현우에게 부탁하는 내용의

글을 써 보세요.

제12과 한국 생활

학습 목표
자신의 한국 생활에 대해 이야기할 수 있다.

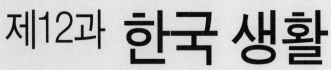

주제	한국 생활
기능	한국에서의 체류 기간 이야기하기
	한국에 온 목적 이야기하기
	한국 생활의 즐거움과 어려움 표현하기
연습	말하기 : 한국 생활에 대해 묻고 답하기
	읽기 : 한국 생활에 대한 이메일 읽기
	쓰기 : 한국 생활에 대한 설문지를 보고 한국 생활을
	소개하는 글 쓰기
어휘	사는 곳의 종류
문법	–(으)ㄴ 지 (시간) 되다, –(으)려고, –게 되다, –기로 하다

제12과 **한국 생활**

1 다음 〈보기〉에서 알맞은 말을 골라 넣으세요.

> 보기
>
> 기숙사   하숙집   고시원   원룸   한국 친구 집

❶ 가: 마이클 씨가 사는 _____은/는 어때요?

　 나: 외국 친구들도 많고 우리 아주머니의 요리가 맛있어서 좋아요.

❷ 가: 미키 씨, _____에 사는 것은 어때요?

　 나: 학교 안에 있는 것이 좀 불편해요.

❸ 가: 지금 사는 _____은/는 어때요?

　 나: 화장실이랑 부엌을 혼자 사용하는 것이 좋아요.

❹ 가: _____에 사는 것이 불편하지 않아요?

　 나: 방도 좁고 밥을 해 먹어야 하지만 가격이 싸서 좋아요.

❺ 가: 왕몽 씨는 _____에 사는 것이 어때요?

　 나: 친구 가족들이 잘 해 줘서 우리집 같아요.

–(으)ㄴ 지 (시간) 되다

1 〈보기〉와 같이 이야기한 후에 쓰세요.

> 보기
>
> 가: 언제 한국에 왔어요?
>
> 나: <u>한국에 온 지</u> 네 달 되었어요.

❶ 가: 언제부터 한국어를 배웠어요?

나: _____ 육 개월 되었어요.

❷ 가: 영진 씨를 자주 만나요?

나: 아니요. _____ 오래되었어요.

❸ 가: 서울에서 오래 살았지요?

나: 네. _____ 10년 되었어요.

❹ 가: 부모님께 자주 전화해요?

나: 아니요. 부모님께 _____ 벌써 한 달 됐어요.

❺ 가: 린다 씨도 이 책을 읽었지요?

나: 네. 그런데 _____ 오래되어서 생각이 잘 안 나요.

❻ 가: 지금 점심을 먹으러 갈래요?

나: 저는 밥을 _____ 얼마 안 되어서 배가 안 고픈데요.

✏️ –(으)려고

1 〈보기〉와 같이 이야기한 후에 쓰세요.

> **보기**
>
> 한국어를 배우다 ➡ 가: 왜 한국어를 배워요 ?
>
> 나: <u>한국 친구를 사귀려고 한국어를 배워요.</u>

❶ 한국 문화를 배우다 ➡ 가: 왜 한국에 왔어요?

　　　　　　　　　　　나: _____

❷ 졸업식 때 입다 ➡ 가: 양복을 샀어요?

　　　　　　　　　　나: 네. _____

❸ 듣기 연습을 하다 ➡ 가: 왜 매일 한국 드라마를 봐요?

　　　　　　　　　　　나: _____

❹ 부모님께 편지를 보내다 ➡ 가: 우체국에 갔다왔어요?

　　　　　　　　　　　　　나: 네. _____

❺ 숙제를 물어보다 ➡ 가: 왜 전화했어요?

　　　　　　　　　　나: _____

❻ 불고기를 만들다 ➡ 가: 고기를 많이 사 왔네요.

　　　　　　　　　　나: 네. _____

✏️ -게 되다

1 〈보기〉와 같이 이야기한 후에 쓰세요.

> **보기**
>
> 가: 매운 음식을 좋아해요?
>
> 나: 네. 한국에 온 후에 <u>매운 음식을 좋아하게 되었어요.</u>

❶ 가: 한국어를 잘하네요.

　　 나: 한국 친구한테서 한국어를 배웠어요. 그래서 _____

❷ 가: 왕몽 씨하고 요즘도 자주 만나요?

　　 나: 아니요. 서로 바쁘니까 _____

❸ 가: 미키 씨는 린다 씨와 예전부터 친하게 지냈어요?

　　 나: 아니요, 같은 반이 된 후에 친하게 _____

❹ 가: 한국 영화를 보면 이해가 잘 안 되지요?

　　 나: 예전에는 전혀 이해를 못 했는데 이제는 조금 _____

❺ 가: 미라 씨는 정장을 자주 입는 것 같아요.

　　 나: 네. 학교에 다닐 때는 잘 안 입었는데 취직한 후에 _____

✎ –기로 하다

1 〈보기〉와 같이 이야기한 후에 쓰세요.

> 보기
>
> 가: 앞으로 한국 생활을 어떻게 보내고 싶어요?
>
> 나: 한국을 더 많이 알고 싶어서 <u>한국 드라마를 자주 보기로 했어요.</u>

❶ 가: 이번 학기가 끝나면 고향으로 돌아갈 거지요?

　 나: 아니요. 영어를 공부하려고 미국에 _____

❷ 가: 한국 요리를 배울 거예요?

　 나: 네. 다음 주부터 하숙집 아주머니한테서 _____

❸ 가: 한국어능력시험에 합격하고 싶어서 열심히 _____

　 나: 열심히 공부하면 꼭 합격할 거예요.

❹ 가: 한국어 공부가 끝난 후에도 계속 한국에서 살 거예요?

　 나: 네. 한국이 좋아서 _____

❺ 가: 다음 주부터 _____

　 나: 나도 수영을 배우려고 하는데 같이 배우러 다닐래요?

❻ 가: 방학 때 뭐 할 거예요?

　 나: 예전부터 인도에 가 보고 싶었어요.

　 　 그래서 이번 방학 때 _____

말하기 연습

1 이야기한 후에 쓰세요.

1) 가: 린다 씨는 한국어를 왜 배워요?

　　나: 한국어 선생님이 ＿＿＿＿＿＿＿＿＿＿ 한국어를 공부해요.

　　가: 그런데 한국어 공부를 하는 것이 어렵지 않아요?

　　나: 처음에는 발음이 어려워서 고생했는데

　　　　지금은 어려운 발음도 잘 ＿＿＿＿＿＿＿＿＿＿＿＿＿

2) 가: 왕몽 씨는 언제 한국에 왔어요?

　　나: ＿＿＿＿＿＿＿＿＿＿＿＿＿＿＿ 육 개월 정도 됐어요.

　　가: 한국 생활이 외롭지 않아요?

　　나: 처음에는 아는 사람이 한 명도 없었는데 지금은 여러 나라의

　　　　친구들을 ＿＿＿＿＿＿＿＿＿. 그래서 외롭지 않아요.

　　가: ＿＿＿＿＿＿＿＿＿＿＿＿＿＿＿＿＿＿＿

　　나: 물가가 너무 비싸서 힘들어요.

1 다음은 크리스나 씨가 밍밍 씨에게 보낸 이메일입니다. 잘 읽고 질문에
답하세요.

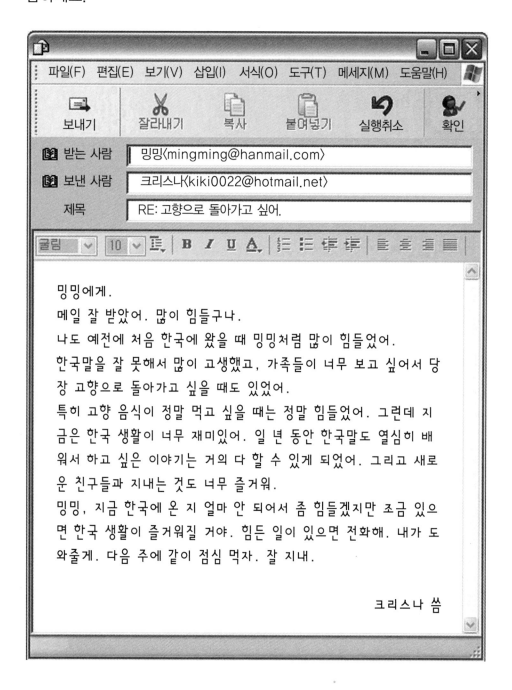

받는 사람 밍밍〈mingming@hanmail.com〉
보낸 사람 크리스나〈kiki0022@hotmail.net〉
제목 RE: 고향으로 돌아가고 싶어.

밍밍에게.
메일 잘 받았어. 많이 힘들구나.
나도 예전에 처음 한국에 왔을 때 밍밍처럼 많이 힘들었어.
한국말을 잘 못해서 많이 고생했고, 가족들이 너무 보고 싶어서 당
장 고향으로 돌아가고 싶을 때도 있었어.
특히 고향 음식이 정말 먹고 싶을 때는 정말 힘들었어. 그런데 지
금은 한국 생활이 너무 재미있어. 일 년 동안 한국말도 열심히 배
워서 하고 싶은 이야기는 거의 다 할 수 있게 되었어. 그리고 새로
운 친구들과 지내는 것도 너무 즐거워.
밍밍, 지금 한국에 온 지 얼마 안 되어서 좀 힘들겠지만 조금 있으
면 한국 생활이 즐거워질 거야. 힘든 일이 있으면 전화해. 내가 도
와줄게. 다음 주에 같이 점심 먹자. 잘 지내.

크리스나 씀

1) 크리스나 씨는 왜 이 편지를 썼어요?

❶ 밍밍 씨한테 답장을 하려고 　　　❷ 밍밍 씨를 초대하려고

❸ 밍밍 씨의 부탁을 거절하려고 　　❹ 밍밍 씨에게 부탁을 하려고

2) 크리스나 씨가 한국에 처음 왔을 때 힘들었던 이유가 <u>아닌</u> 것을 고르세요.

❶ 한국어를 잘 못해서 　　　　　　❷ 가족이 보고 싶어서

❸ 새로운 친구가 없어서 　　　　　　❹ 고향 음식이 먹고 싶어서

1 다음은 투안 씨의 한국 생활에 대한 설문지입니다. 다음을 보고 여러분이 투안 씨가 되어 한국 생활을 설명하는 글을 쓰세요.

- 설문지 -

(1) 언제 한국에 왔어요?

(6개월 전)

(2) 한국에 왜 왔어요?

(한국 대학 입학)

(3) 한국 생활에서 어떤 점이 힘들어요?

(한국어를 잘 못해서, 한국 음식을 잘 못 먹어서)

(4) 지금은 어때요?

(한국어 실력이 늘었어요. 한국 음식도 맛있어요)

(5) 한국 생활에서 어떤 점이 즐거워요?

(새로운 친구를 많이 만나는 것, 한국 문화를 배울 수 있는 것)

(6) 앞으로 한국 생활을 어떻게 하고 싶어요?

(한국 문화를 더 알고 싶어요. 그래서 자주 유명한 곳에 갈 거예요)

1) 다음 질문에 대답하세요.

(1) 한국에 온 지 얼마나 되었어요?

_____

(2) 한국에 온 이유가 뭐예요?

_____

(3) 한국 생활은 어때요?

_____

(4) 앞으로 한국 생활을 어떻게 하고 싶어요?

_____

2) 메모를 보고 여러분이 투안 씨가 되어 한국 생활을 소개하는 글을 쓰세요.

저는 한국에 온 지 6개월이 되었습니다.
_____

_____

_____

_____

제13과 도시

학습 목표
도시와 고향에 대해 이야기할 수 있다.

주제	도시
기능	도시에 대해 말하기
	도시의 특징에 대해 설명하기
연습	말하기 : 도시에 대해 말하기
	살고 싶은 도시 이야기하기
	고향 설명하기
	읽기 : 도시 소개 읽기
	쓰기 : 고향 소개하는 글 쓰기
어휘	방위, 도시, 도시의 특징
문법	-다 체

제13과 **도시**

1 그림을 보고 알맞은 말을 연결하세요.

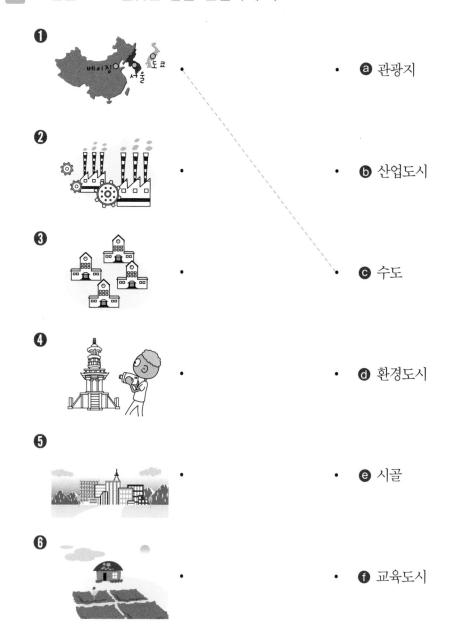

①   ⓐ 관광지

②   ⓑ 산업도시

③   ⓒ 수도

④   ⓓ 환경도시

⑤   ⓔ 시골

⑥   ⓕ 교육도시

2 다음 〈보기〉에서 알맞은 말을 골라 넣으세요.

> 보기
>
> 인구가 많다   경치가 좋다   인심이 좋다
>
> 유명하다   교통이 편리하다   살기 편하다

❶ 가: 전주는 어떤 곳이에요?

   나: 맛있는 전통 음식으로 _____

❷ 가: 서울은 살기에 어때요?

   나: 좀 복잡하지만 여러 시설들이 많아서 _____

❸ 가: 상하이는 서울보다 _____

   나: 네, 약 천구백만 명쯤 돼요.

❹ 가: 한국 사람들은 친절한 편이에요?

   나: 네, 친절하고 _____

❺ 가: 서울이나 도쿄 같은 대도시는 _____

   나: 맞아요. 그런데 출퇴근 시간에는 너무 막혀요.

❻ 가: 수미 씨 고향은 _____

   나: 네. 산과 호수가 있어서 예뻐요.

–다/(으)ㄴ다/는다

1 〈보기〉와 같이 이야기한 후에 쓰세요.

> **보기**
>
> 서울은 한국의 수도입니다. ➡ <u>서울은 한국의 수도이다.</u>

❶ 서울에는 고궁이 많습니다.

　➡ 서울에는 고궁이 _____

❷ 고향에는 친구들이 많이 삽니다.

　➡ 고향에는 친구들이 많이 _____

❸ 내 고향은 베트남의 하노이입니다.

　➡ 내 고향은 베트남의 _____

❹ 도쿄에는 신주쿠 거리가 유명합니다.

　➡ 도쿄에는 신주쿠 거리가 _____

❺ 많은 사람들이 도시에서 생활합니다.

　➡ 많은 사람들이 도시에서 _____

❻ 많은 외국인들이 제주도를 찾습니다.

　➡ 많은 외국인들이 제주도를 _____

❼ 인천은 서울보다 남쪽에 있습니다.

　➡ 인천은 서울보다 남쪽에 _____

❽ 출퇴근 시간에는 시간이 많이 걸립니다.

　➡ 출퇴근 시간에는 시간이 많이 _____

✎ –(으)ㄹ 것이다

1 〈보기〉와 같이 이야기한 후에 쓰세요.

> **보기**
>
> 내년에 한국에 가다 ➡ <u>내년에 한국에 갈 것이다.</u>

❶ 경주에 관광객이 많다

➡ 경주에 관광객이 _____

❷ 내년에 호주를 여행하다

➡ 내년에 호주를 _____

❸ 여기에 한 달 동안 있다

➡ 여기에 한 달 동안 _____

❹ 교통 중심지가 살기 편하다

➡ 교통 중심지가 살기 _____

❺ 휴일에는 가게들이 일찍 문을 닫다

➡ 휴일에는 가게들이 일찍 문을 _____

❻ 회의가 세 시에 시작되다

➡ 회의가 세 시에 _____

❼ 앞으로 한국 문화를 많이 배우다

➡ 앞으로 한국 문화를 많이 _____

❽ 기말시험이 중간시험보다 훨씬 어렵다

➡ 기말시험이 중간시험보다 훨씬 _____

–았/었/였다

1 〈보기〉와 같이 이야기한 후에 쓰세요.

나, 작년, 한국에 오다 ➡ 나는 작년에 한국에 왔다.

❶ 옛날, 여기, 작은 호수가 있다

➡ _____

❷ 5년 전, 이곳, 환경도시가 되다

➡ _____

❸ 내가 어렸을 때, 여기가 복잡하지 않다

➡ _____

❹ 90년대 이후, 내 고향, 크게 발전하다

➡ _____

❺ 오래 전, 그곳, 그렇게 큰 도시가 아니다

➡ _____

❻ 1976년까지, 호찌민의 이름은 사이공이다

➡ _____

✏️ -겠다

1 〈보기〉와 같이 이야기한 후에 쓰세요.

> 보기
>
> 복잡하다 ➡ 북경은 인구가 많아서 복잡하겠다.

❶ 10년 후에 시골로 이사하다

➡ 나는 _____

❷ 공기가 좋다

➡ 린다 씨 고향은 시골이라서 _____

❸ 시간이 많이 걸리다

➡ 홍콩은 북경에서 멀어서 _____

❹ 관광객이 많다

➡ 나폴리는 아름다운 도시여서 _____

❺ 부산에 꼭 가 보다

➡ 다음 휴가에는 _____

❻ 바람이 많이 불어서 춥다

➡ 어제 산에 갔을 때 _____

✎ –다

1 아래의 글에서 밑줄 친 부분을 '–다'체를 이용하여 다시 쓰세요.

제 고향은 충청북도 청주<u>입니다</u>. 청주는 서울에서 135킬로미터 정도 떨어져 <u>있습니다</u>. 인구는 63만 명 정도로 아주 큰 도시는 <u>아닙니다</u>. 그렇지만 학교가 많고 교육이 발달해서 교육도시로 <u>유명합니다</u>. 제가 어렸을 때 청주 사람들은 쌀농사를 많이 <u>지었습니다</u>. 그렇지만 요즘에는 공장도 많아졌고 산업 도시로 <u>변했습니다</u>. 하지만 지금도 청주는 경치가 아름답고 공기가 깨끗해서 살기에 매우 <u>좋습니다</u>. 그리고 앞으로도 더 좋아질 것입<u>니다</u>. 저는 청주를 아주 좋아하기 때문에 대학교를 졸업하면 다시 청주에 가서 <u>살겠습니다</u>.

내 고향은 충청북도 _____. 청주는 서울에서 135킬로미터 정도 떨어져 _____. 인구는 63만 명 정도로 아주 큰 도시는 _____. 그렇지만 학교가 많고 교육이 발달해서 교육도시로 _____. 내가 어렸을 때 청주 사람들은 쌀농사를 많이 _____. 그렇지만 요즘에는 공장도 많아졌고 산업 도시로 _____. 하지만 지금도 청주는 경치가 아름답고 공기가 깨끗해서 살기에 매우 _____. 그리고 앞으로도 더 _____. 나는 청주를 아주 좋아하기 때문에 대학교를 졸업하면 다시 청주에 가서 _____.

말하기 연습

1 다음을 이야기한 후에 쓰세요.

1) 가: 린다 씨는 한국에 오기 전에 뭐 하셨어요?

나: 나고야에서 영어를 가르쳤어요.

가: 나고야는 살기 어때요?

나: 병원, 극장 등 여러가지 _____ 좋아요.

2) 가: 왕몽 씨는 _____

나: 저는 조용하고 깨끗한 시골에서 살고 싶어요.

가: 시골은 _____

나: 네, 그래요. 시골 사람들은 마음이 따뜻한 것 같아요.

3) 가: 와! 여기 옷가게 정말 _____

나: 맞아. 정말 많지? 그래서 난 명동이 제일 좋아.

가: 우리나라에는 이런 곳이 없는데.

어! 수미야, 저 치마 좀 봐. 정말 _____

나: 그래, 예쁘다. 그리고 너한테 잘 _____

가: 정말 나한테 잘 어울릴 것 같아? 그럼, 들어가 보자.

4) 가: 마이클 씨, 고향이 어디예요?

나: 워싱턴 주 시애틀이에요. 미국 서쪽에 있는 대도시예요.

가: 워싱턴 주는 _____

나: 사과가 유명해요.

가: 시애틀은 살기에 어때요?

나: 인구도 많고 좀 복잡하지만 교통이 편리해서 _____

1 다음은 서울을 소개한 글입니다. 잘 읽고 질문에 답하세요.

> 한국의 수도, 서울은 인구가 천만 명이 넘는 대도시이다. 경제와 정치의 중심지이고 일년 내내 관광객이 찾아온다. 그래서 서울은 늘 복잡하고 사람들이 바쁘게 움직인다. 그렇지만 <u>서울의 얼굴은 이것이 전부가 아니다.</u> 서울은 천년의 역사를 가지고 있다. 조선 시대부터 지금까지 문화의 중심지로 발전해 왔기 때문에 서울의 중심에는 여러 고궁과 많은 유적들이 있다. 그래서 서울에서는 대도시의 힘을 느낄 수도 있고 전통 문화의 아름다움을 느낄 수도 있다. 현대와 과거를 모두 만날 수 있는 서울. 서울은 앞으로도 지금보다 더 젊고 즐거운 도시로 발전해 갈 것이다.

1) 위 글의 중심 내용은 무엇입니까?

❶ 서울은 오래전에 한국의 수도가 되었다.

❷ 서울에서는 다양한 나라의 관광객을 만날 수 있다.

❸ 서울은 전통 문화와 현대 문화를 모두 가지고 있다.

2) 읽은 내용과 같으면 ○, 다르면 ×에 표시하세요.

(1) 서울은 천 년 동안 조선의 수도였다.　　　　　　　○ ×

(2) 서울에는 오래된 유적과 궁궐들이 많다.　　　　　　○ ×

(3) 서울은 문화보다는 경제와 정치가 발달했다.　　　　○ ×

3) 밑줄 친 '서울의 얼굴은 이것이 전부가 아니다' 의 의미가 무엇인지 이야기해 보세요.

1 다음은 수밧 씨의 고향에 대해 메모한 것입니다. 메모를 보고 수밧 씨의 고향을 소개하는 글을 써 보세요.

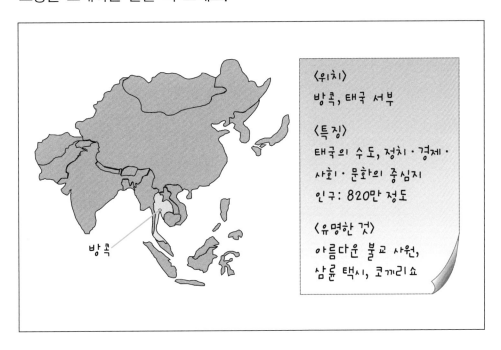

1) 수밧 씨의 고향은 어디입니까?

_____

2) 수밧 씨의 고향은 어떤 특징이 있습니까?

_____

3) 수밧 씨의 고향은 무엇이 유명합니까?

_____

4) 메모를 보고 수밧 씨의 고향을 소개하는 글을 써 보세요.

_____

_____

제14과 치료

학습 목표
병의 증상을 이야기하고 약을 살 수 있다.

주제	치료
기능	병의 원인과 증상 이야기하기
	약 사기
	친구에게 치료 방법 추천하기
연습	말하기 : 병의 증상, 원인, 치료법에 대하여 대화하기
	읽기 : 치료법에 대한 잡지 기사 읽기
	쓰기 : 토마스 씨의 하루를 설명하는 글 쓰기
어휘	외상, 치료, 소화 관련 질환
문법	-(으)ㄹ, 때문에, -(으)ㄹ 테니까, 아무 -도

제14과 **치료**

1 그림을 보고 알맞은 말을 연결하세요.

❶    •   •   ⓐ 손을 베다

❷   •   •   ⓑ 여드름이 나다

❸   •   •   ⓒ 발목을 삐다

❹ 살살~   •   •   ⓓ 배탈이 나다

❺   •   •   ⓔ 상처가 나다

❻    •   •   ⓕ 두통이 있다

2 다음을 읽고 빈 칸에 알맞은 말을 〈보기〉에서 찾아 쓰세요.

주사를 맞다	약을 바르다	반창고를 붙이다
파스를 붙이다	주무르다	찜질을 하다

❶ 가: 손을 베어서 피가 나요.

나: 그러면 _____

❷ 가: 하루 종일 걸어서 다리가 너무 아파요.

나: 그러면 다리를 잘 _____

❸ 가: 요즘에 얼굴에 자꾸 뭐가 나서 걱정이에요.

나: 그러면 이 _____

❹ 가: 코피가 계속 나는데 어떻게 해요?

나: 그러면 얼음으로 _____

❺ 가: 감기에 걸린 것 같아요. 그리고 열도 많이 나요.

나: 그러면 _____. 그리고 좀 쉬세요.

❻ 가: 허리가 좀 아파서 왔는데요.

나: 그러면 이 _____

그리고 많이 움직이지 마세요.

–(으)ㄹ

1 〈보기〉와 같이 이야기한 후에 쓰세요.

> **보기**
>
> 상처에 바르다
>
> 가: 어떻게 오셨어요?
>
> 나: <u>상처에 바를</u> 약을 사러 왔어요.

❶ 허리에 붙이다

　가: 어디가 아파서 오셨어요?

　나: _____ 파스를 사고 싶은데요.

❷ 찜질할 때 쓰다

　가: 부엌에서 뭐 하고 있었어요?

　나: _____ 얼음주머니를 만들고 있어요.

❸ 졸업식 날 입다

　가: 이게 뭐예요?

　나: _____ 한복을 한 벌 빌려 왔어요.

❹ 같이 살다

　가: 밍밍 씨는 지금 혼자 살아요?

　나: 네. 그런데 요즘 _____ 친구를 찾고 있어요.

✎ 때문에

1 그림을 보고 〈보기〉와 같이 이야기한 후에 쓰세요.

보기

가: 감기 걸렸어요?

나: 네. <u>추운 날씨 때문에</u> 감기에 걸린 것 같아요.

가: 민수 씨, 어제도 산에 갔다 왔어요?

나: 네. 저는 취미가 <u>등산이기 때문에</u>
    주말에는 꼭 산에 가요.

❶
가: 얼굴에 뭐가 많이 났네요.

나: 네. 새로 바꾼 ＿＿＿＿＿＿＿ 그런 것 같아요.

❷
가: 왜 배탈이 난 것 같아요?

나: 잘 모르겠지만 아마 어제 먹은 ＿＿＿＿＿＿＿
    난 것 같아요.

❸
가: 어제 새로 산 ＿＿＿＿＿＿＿ 발이 너무 아파.

나: 그러면 저기에 앉아서 잠깐 쉬자.

❹
가: 수미 씨는 항상 요리 잡지를 읽고 있네요.

나: 네. 저는 ＿＿＿＿＿＿ 이런 잡지를 많이 읽어요.

❺
가: 밍밍 씨, 어디 아파요? 얼굴이 안 좋아요.

나: 오후에 있는 ＿＿＿＿＿＿ 잠을 하나도 못 잤어요.

❻
가: 어제는 왜 계속 전화를 안 받았어요?

나: 우리 오빠 ＿＿＿＿＿ 정신이 없었어요. 미안해요.

✏️ –(으)ㄹ 테니까

1 그림을 보고 〈보기〉와 같이 이야기한 후에 쓰세요.

> **보기**
>
>
>
> 가: 허리가 계속 아프네요.
>
> 나: 제가 <u>파스를 붙여 드릴 테니까</u> 옷을 올리세요.

❶

가: 칼에 손을 베어서 왔는데요.

나: _____ 자주 바르세요.

❷

가: 계속 코피가 나는데 콧등 좀 꽉 눌러 줄래?

나: 내가 잘 _____ 머리를 좀 들어 봐.

❸

가: 넘어져서 다리에서 피가 나.

나: 내가 약국에 가서 _____ 잠깐만 기다려.

❹

가: 이 짐들은 제가 _____ 마이클 씨는

저걸 옮기세요.

나: 이게 더 무거우니까 제가 이걸 옮길게요.

❺

가: 엄마, 저는 그냥 _____ 밥 하지 마세요.

나: 점심에도 빵만 먹었으니까 그거 먹지 말고 밥 먹어.

❻

가: 음식은 내가 _____ 너는 그냥 쉬어.

나: 그럼, 다 먹은 후에 설거지를 내가 할게.

아무 -도

1 〈보기〉와 같이 이야기한 후에 쓰세요.

> **보기**
>
> 가: 배탈이 난 것 같아요.
>
> 나: 그러면 우선 이 약을 먹고 오늘은 <u>**아무 것도**</u> 먹지 마세요.

❶ 가: 열이 나고 기침도 많이 해요.

　나: 그러면 우선 약을 먹고 오늘은 _____ 가지 마세요.

❷ 가: 생리통이 너무 심해서 정말 힘들어요.

　나: 그러면 오늘은 집에서 푹 쉬고 _____ 하지 마세요.

❸ 가: 친구들하고 약속이 있는데 감기가 너무 심해서 걱정이에요.

　나: 친구들한테 옮길 수 있으니까 오늘은 _____ 만나지 마세요.

❹ 가: 목이 너무 아파서 이야기하기도 힘들어요.

　나: 말을 많이 하면 더 나빠지니까 가능하면 _____ 하지 마세요.

❺ 가: 그게 뭐예요? 저도 보여 주세요.

　나: _____ 아니에요. 몰라도 돼요.

❻ 가: 이거 비밀인데 _____ 말하지 마세요.

　나: 알겠어요. 저만 알고 있을게요.

1 그림을 보고 〈보기〉와 같이 이야기한 후에 쓰세요.

1) 가: 칼에 손을 베었어요.

　나: 그러면 _____

2) 가: 어디가 아프세요?

　나: _____

　가: 그럼, 이 약을 _____ 하루에

　　　세 번, 식후 30분에 드세요.

3) 가: 어디가 아파서 오셨어요?

　나: 아침부터 _____

　가: 그러면 _____. 그리고 오늘은

　　　_____ 가지 말고 집에서 푹 쉬세요.

　나: 네, 감사합니다.

4) 가: 어떻게 오셨습니까?

　나: _____

　가: 언제부터 소화가 안 되고 토하셨어요?

　나: 오늘 아침을 먹은 다음부터 그랬어요.

　가: 아마 아침에 먹은 음식 _____

　　　체한 것 같아요. 이 약을 드릴 테니까 오늘은

　　　가능하면 _____ 하지 말고 쉬세요.

1 다음의 잡지기사를 읽고 물음에 답하세요.

병원에 가기 전 이렇게 해 보자!

–혼자서 해 보는 '스스로 치료법'

몸이 많이 아프면 우선 병원에 가 봐야 하지만 조금 아플 때는 혼자서 치료를 해 보는 것도 좋다. 먼저 배탈이 나고 설사를 많이 할 때는 배를 뜨겁게 찜질하는 것이 좋다. 또 속이 답답하고 소화가 잘 안 될 때는 밀가루 음식이나 차가운 음식을 먹지 않아야 한다. 하지만 아무 것도 안 먹으면 몸에 더 나쁘기 때문에 하루 세 번 조금씩 먹는 것이 좋다. 또 목이 아플 때는 가능하면 말을 많이 하지 않고 따뜻한 차를 마시는 것도 좋다. 감기에 걸렸을 때는 잠을 많이 자고 비타민 C가 많은 오렌지 주스를 마셔 보는 것도 좋다. 하지만 그래도 좋아지지 않으면 의사나 약사의 도움을 받는 것이 중요하다.

1) 읽은 내용과 같으면 ○, 다르면 ×에 표시하세요.

(1) 배탈이 났을 때에는 뜨거운 찜질이 도움이 된다. ○ ×

(2) 속이 답답할 때에는 하루에 세 번 음식을 조금씩 먹는다. ○ ×

(3) 목이 아플 때에는 가능하면 아무 것도 먹지 않아야 한다. ○ ×

2) 다음의 아픈 사람들과 그 사람들에게 좋은 치료법을 연결해 보세요.

(1) 감기에 걸린 수미 씨 •   • 배를 따뜻하게 한다

(2) 설사를 하는 미키 씨 •   • 오렌지 주스를 마신다

(3) 소화가 안 되는 토마스 씨 •   • 밀가루 음식을 안 먹는다

3) 목이 아플 때는 어떻게 하는 것이 좋습니까? 위에서 말한 치료법을 이야기해 보세요.

쓰기 연습

1 다음의 그림은 오늘 하루 토마스 씨에게 생긴 일들입니다. 그림을 보고
토마스 씨의 하루 일을 글로 써 보세요.

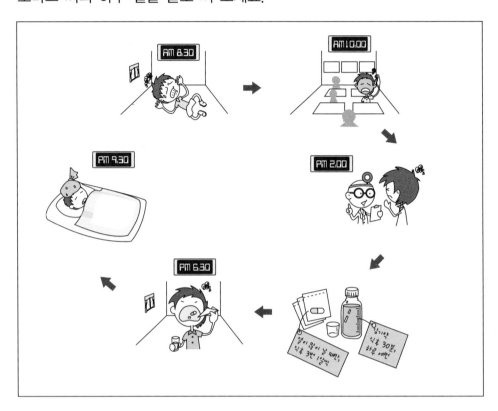

1) 토마스 씨는 오늘 아침 기분이 어땠습니까?

_____

2) 토마스 씨는 어디가 아팠습니까? 그래서 어떻게 했습니까?

_____

3) 토마스 씨는 병원에서 어떤 약을 받았습니까? 그리고 집에 가서 어떻게 했습

니까?

_____

_____

_____

208

4) 위의 질문들을 이용해서 아래의 빈 칸에 토마스 씨의 하루에 대한 글을 써

보세요.

_____

_____

_____

_____

_____

_____

제15과 집 구하기

학습 목표
원하는 집의 조건에 대하여 이야기하고 집을 구할 수 있다.

주제	집 구하기
기능	이사에 대하여 이야기하기
	부동산 중개소에서 집에 대하여 이야기하기
	집 보러 다니기
연습	말하기 : 원하는 집을 설명하거나 집을 구하는 대화하기
	읽기 : 하숙집 광고 읽기
	쓰기 : 방 친구를 구하는 글 쓰기
어휘	집의 구조, 이사, 집의 특징
문법	−(으)ㄹ까 하다, −았/었/였으면 좋겠다, −만큼,
	−에 비해서

제15과 **집 구하기**

어휘와 표현

1 다음을 그림을 보고 〈보기〉에서 알맞은 말을 찾아 쓰세요.

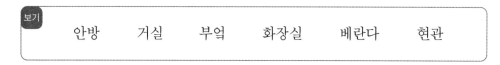

> 보기
>
> 안방   거실   부엌   화장실   베란다   현관

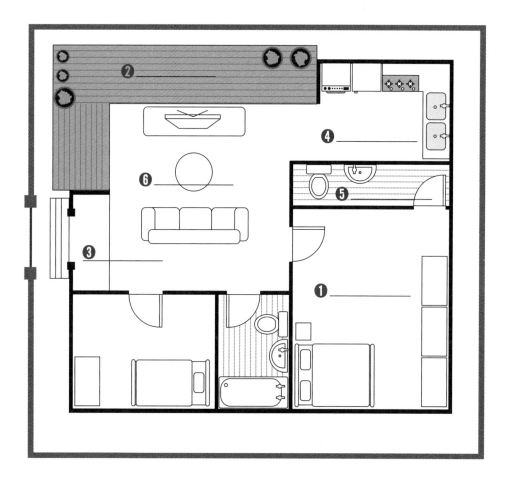

2 다음을 읽고 빈 칸에 알맞은 말을 〈보기〉에서 찾아 쓰세요.

> **보기**
>
> 햇빛이 잘 들다   공기가 잘 통하다   전망이 참 좋다
>
> 시설이 잘 되어 있다   집이 낡다   방이 어둡다

❶ 가: 새로 이사 간 집은 어때요?

　나: 창문이 없어서 ＿＿＿＿＿＿＿＿＿＿＿＿＿. 더 밝으면 좋겠어요.

❷ 가: 새로 이사 간 집은 지은 지 오래 되었어요?

　나: 네. 지은 지 10년쯤 돼서 ＿＿＿＿＿＿＿＿＿＿＿＿

❸ 가: 와, 이 방은 창문이 참 커요.

　나: 네. ＿＿＿＿＿＿＿＿＿＿＿＿＿＿ 불을 안 켜도 참 밝지요?

❹ 가: 이 방은 창문이 양쪽에 있네요.

　나: 맞아요. 이 방은 ＿＿＿＿＿＿＿＿＿＿＿＿＿ 참 시원해요.

❺ 가: 이 방은 10층에 있어서 경치가 참 좋아요.

　나: 정말 그런 것 같아요. 창밖으로 보이는 ＿＿＿＿＿＿＿＿＿＿

❻ 가: 새로 이사 간 원룸은 마음에 들어요?

　나: 네. 세탁기나 에어컨 같은 ＿＿＿＿＿＿＿＿＿. 그래서 참 좋아요.

–(으)ㄹ까 하다

1 〈보기〉와 같이 이야기한 후에 쓰세요.

> **보기**
>
> 가: 왜 또 이사를 해요?
>
> 나: 집이 너무 어두워서 좀 밝은 집으로 이사를 <u>할까 해요.</u>

❶ 가: 왜 방을 옮기려고 해요?

　나: 지금 사는 방이 너무 작아서 좀 큰 방으로 ＿＿＿＿＿＿＿＿＿＿

❷ 가: 이사를 가시려고요?

　나: 네. 집 주변이 좀 시끄러워서 조용한 동네로 ＿＿＿＿＿＿＿＿＿＿

❸ 가: 다음 달에는 이 근처로 이사를 ＿＿＿＿＿＿＿＿＿＿

　나: 그럼 우리 하숙집으로 오세요. 학교에서 가깝고 밥도 맛있어요.

❹ 가: 하숙집보다 좀 비싸지만 그냥 기숙사에서 계속 ＿＿＿＿＿＿＿＿＿＿

　나: 그러세요. 사실 기숙사에서 사는 게 제일 편해요.

❺ 가: 저녁도 나가서 사 먹을 거야?

　나: 아니. 저녁은 집에서 만들어 ＿＿＿＿＿＿＿＿＿＿

❻ 가: 이번 학기가 끝나면 한국어 공부를 ＿＿＿＿＿＿＿＿＿＿

　나: 정말이요? 왜 갑자기 공부를 그만두려고 하세요?

–았/었/였으면 좋겠다

1 〈보기〉와 같이 이야기한 후에 쓰세요.

> **보기**
>
> 가: 하숙집 방은 넓어요?
>
> 나: 아니요. 좀 더 <u>넓었으면 좋겠어요.</u>

❶ 가: 기숙사 방에는 화장실이 딸려 있어요?

　 나: 아니요. 방마다 _____

❷ 가: 새 집은 마음에 들어요?

　 나: 별로예요. 주변이 너무 시끄러워서 좀 _____

❸ 가: 어때요? 깨끗하고 시설도 정말 좋지요?

　 나: 그런데 좀 비싼 것 같아요. 하숙비가 조금 _____

❹ 가: 어떤 집을 찾으세요?

　 나: 햇빛이 잘 들고 따뜻한_____

❺ 가: 한국어를 정말 잘하시네요.

　 나: 잘하기는요. 지금보다 더 _____

❻ 가: 방학 동안에 뭐 하고 싶어요?

　 나: 저는 여행을 좋아해서 설악산으로 _____

✎ –만큼

1 〈보기〉와 같이 이야기한 후에 쓰세요.

> **보기**
>
> 가: 이 방보다 더 넓은 방은 없어요?
>
> 나: <u>여기만큼 넓은 방은 없을 거예요.</u>

❶ 가: 이 방보다 햇빛이 더 잘 드는 방은 없어요?

　 나: 아마 _____

❷ 가: 주변이 좀 조용한 하숙집을 구하고 있는데요.

　 나: 미리네하숙집은 어때요? _____

❸ 가: 회사에서 여기보다 더 가까운 원룸은 없어요?

　 나: 글쎄요. _____

❹ 가: 새 하숙집도 지난 번 하숙집처럼 교통이 편리해요?

　 나: 네. 이번 하숙집도 _____

❺ 가: 이 집은 신축 건물이에요? 시설이 참 좋네요.

　 나: 신축 건물은 아니지만 _____

❻ 가: 토마스 씨 방도 이렇게 넓어요?

　 나: 아니요. 제 방은 _____

✏️ –에 비해서

1 〈보기〉와 같이 이야기한 후에 쓰세요.

> **보기**
>
> 가: 이 방은 꽤 밝네요.
>
> 나: 네. 다른 **방에 비해서 밝아요.**

❶ 가: 이 집은 깨끗하네요.

　나: 네. 다른 _____

❷ 가: 이 고시원은 참 조용한 것 같아요.

　나: 네. 주변에 있는 다른 _____

❸ 가: 이 하숙집은 밝고 따뜻한 것 같아요.

　나: 네. 아까 본 _____

❹ 가: 이 건물이요, 시설이 정말 좋지 않아요?

　나: 네. 다른 _____

❺ 가: 이 방은 공기가 잘 통하는 것 같아요.

　나: 네. 아래층에 있는 _____

❻ 가: 이곳은 교통이 아주 편리하네요.

　나: 네. 아까 본 다른 _____

1 그림을 보고 이야기한 후에 쓰세요.

1)

가: 왜 이사를 가려고 해요?

나: _____

그래서 다른 집으로 이사를 갈까 해요.

2)

가: 어떤 방을 찾으세요?

나: _____

가: 그런 원룸이 하나 있는데 같이 가 보실래요?

3)

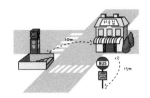 

가: 어서 오세요. 어떻게 오셨어요?

나: 하숙집을 구하고 있는데요, _____ 있어요?

가: 마침 좋은 집이 있어요. _____ 교통이 편리한 집은 아마 없

을 거예요.

나: 그런데 _____ 좋겠어요.

가: 그런 건 다 딸려 있으니깐 걱정 마세요.

4)

가: 이 방이에요. 새로 지은 건물이라서 _____

나: 네, 정말 시설이 좋네요.

가: 그리고 처음 본 방보다 깨끗하고 크지요?

나: 네, 그 방에 _____ 훨씬 좋아요.

가: 그러면 이 방으로 하세요.

나: 그런데 좀 비싼 것 같아요. 가격이 _____

1 다음은 학교 인터넷 게시판에 올라온 글입니다. 잘 읽고 물음에 답하세요.

생활 게시판 (고려대학교)

제목 방 구하는 사람 보세요.　　　• 게시일 9월 21일　• 게시자 mirine1217

안녕하세요, 미리네하숙집입니다.

새 학기에 좋은 하숙집 찾기 어렵지요? 고민하지 말고 미리네하숙집으로 오세요. 미리네는 시설 좋은 신축 건물 하숙집입니다. 5분만 가면 지하철역도 있고 근처에 큰 할인점도 있어서 생활하기에 아주 편리합니다. 그리고 매일매일 다른 메뉴로 맛있는 아침과 저녁을 준비해 드리기 때문에 학생들 사이에서 정말 인기가 많습니다. 한 달에 50~60만 원 정도이고 화장실이나 가구가 없는 방은 45만 원에도 가능합니다. 아래 연락처로 전화하고 방 보러 오세요. 구경만 해도 괜찮습니다.

연락처 : 010-1234-0000 (미리엄마)

---

1) 읽은 내용으로 알 수 있는 것은 무엇입니까?

❶ 이 하숙집은 교통이 편리하다.

❷ 이 하숙집은 지은 지 오래된 편이다.

❸ 이 하숙집은 하루에 3번 식사를 준비해 준다.

2) 읽은 내용과 같으면 ○, 다르면 ×에 표시하세요.

(1) 이 하숙집에는 화장실이 딸린 방이 없다.　　　○ ✕

(2) 가장 싼 방은 45만 원 정도면 구할 수 있다.　　　○ ✕

(3) 할인점이 가까워서 쇼핑하기에 편리한 편이다.　　　○ ✕

3) 이 하숙집이 학생들에게 인기가 많은 이유는 무엇입니까?

1 다음은 크리스나 씨가 살고 있는 원룸을 광고하는 글입니다. 잘 읽고 룸 메이트를 구하는 글을 써 보세요.

- 신축 건물
- 지하철역에서 걸어서 5분 거리, 버스정류장 근처
- 한 달에 50만 원
- 식사는 제공하지 않아요.
- 주변에 식당, 가게 많아요.

1) 크리스나 씨의 원룸에는 어떤 가구가 딸려 있습니까?

_____

2) 가구 외에 또 어떤 시설이 있습니까?

_____

3) 이 방의 좋은 점은 무엇이라고 생각합니까?

_____

_____

4) 여러분이 크리스나 씨가 되어 이 원룸에서 같이 살 친구를 구하는 글을 완성

해 보세요.

고려대학교 학생 여러분, 안녕하세요?

저는 제 원룸에서 같이 살 친구를 구하고 있습니다. 제 원룸은

_____

_____

_____

_____

_____

_____

관심이 있으신 분 연락 주세요.

크리스나 010-1234-4321

종합 연습 Ⅲ

1 〈보기〉와 같이 [_____] 와 관계있는 명사를 고르세요.

사거리 – 삼거리 – 횡단보도 – 지하도

❶ 육교   ❷ 도로   ❸ 계단   ❹ 출구

1) 욕실 – 베란다 – 가구 – 세탁실

❶ 시설   ❷ 전망   ❸ 공사   ❹ 현관

2) 주사 – 찜질 – 파스 – 연고

❶ 붕대   ❷ 소화   ❸ 소독약   ❹ 치료법

3) 인구가 많다 – 교통이 복잡하다 – 경제의 중심지이다

❶ 지방   ❷ 도시   ❸ 유적지   ❹ 관광지

2 다음 밑줄에 알맞은 말을 고르세요.

1) 가: _____이 있는데 혹시 시간 있으세요?

나: 네. 지금 시간 있으니까 이야기해 보세요.

❶ 거절   ❷ 도움   ❸ 부탁   ❹ 부담

2) 가: 마이클 씨는 처음부터 매운 음식을 잘 먹었어요?

나: 아니요, 처음에는 음식이 매워서 많이 _____.

❶ 즐겼어요   ❷ 고생했어요   ❸ 경험했어요   ❹ 익숙해졌어요

3) 가: 어떻게 오셨습니까?

나: 계단에서 넘어져서 발목을 _____.

❶ 베었어요   ❷ 데었어요   ❸ 삐었어요   ❹ 주물렀어요

3 다음에서 알맞은 것을 골라 대화를 완성하세요.

1) 반납하다 – 설명하다 – 번역하다

　가: 수미 씨, 이 문제가 너무 어려워요. 좀 쉽게 가르쳐 줄 수 있어요?

　나: 당연하지요. 제가 ＿＿＿＿＿＿＿＿＿＿＿＿＿＿＿＿＿

2) 공기가 맑다 – 인심이 좋다 – 살기 편하다

　가: 영준 씨 고향은 어떤 곳이에요?

　나: 작은 시골인데, ＿＿＿＿＿＿＿＿＿＿＿＿＿ 동네 사람들이 다 가족 같아요.

3) 집이 낡다 – 공기가 잘 통하다 – 시설이 잘 되어 있다

　가: 새로 이사 간 집은 마음에 들어요?

　나: 네, 창문이 많아서 ＿＿＿＿＿＿＿＿＿＿＿＿＿＿＿

4 다음 밑줄에 알맞은 말을 고르세요.

1) 가: 내일 저녁에 시간 있으면 한국어 공부 좀 도와줄래?

　나: 내일은 약속이 있어. 주말에는 ＿＿＿＿＿＿＿ 괜찮은데, 주말에 볼래?

❶ 언제든지　　　　❷ 어디든지　　　　❸ 누구든지　　　　❹ 어떻게든지

2) 가: 수미 씨, 무슨 걱정 있어요? 얼굴이 너무 안 좋아요.

　나: 아니요, ＿＿＿＿＿＿＿＿＿ 없어요. 그냥 조금 피곤해요.

❶ 아무도　　　　❷ 아무 데도　　　　❸ 아무 일도　　　　❹ 아무하고도

3) 가: 이 방은 마음에 드세요? 방금 전에 본 방보다 크지요?

　나: 네, 그런데 좀 어둡네요. 아까 그 방＿＿＿＿＿ 밝은 방은 없어요?

❶ 도　　　　❷ 보다　　　　❸ 만큼　　　　❹ 까지

5 다음 ┆ ┆의 단어를 알맞은 형태로 바꾸어 밑줄에 쓰세요.

1) ┆ 가다 ┆

가: 이사 ＿＿＿＿＿＿＿ 집은 구했어요?

나: 아니요, 아직도 마음에 드는 집이 없어서 고민이에요.

2) ┆ 오다 ┆

가: 일주일 내내 비가 오네요. 내일도 올까요?

나: 글쎄요. 내일은 경복궁에 가는 날이니까 비가 안 ＿＿＿＿＿＿＿＿＿＿

3) ┆ 기다리다 ┆

가: 아, 교실에 휴대전화를 두고 왔어요. 여기에서 잠깐만 ＿＿＿＿＿＿＿＿＿＿

나: 네, 천천히 갔다 오세요.

6 〈보기〉와 같이 ┆ ┆의 표현을 이용해서 문장을 만드세요.

┌───┐
│ 보기   │
│   ┆ 감기에 걸리다 － 운동 － 못 － 하다 ┆   │
│   │
│   감기에 걸려서 운동을 못 해요.   │
└───┘

1) ┆ 한국에 오다 － 6개월 － 되다 ┆

＿＿＿＿＿＿＿＿＿＿＿＿＿＿＿＿＿＿＿＿＿＿＿＿＿＿＿

2) ┆ 여드름 약 － 드리다 － 하루에 세 번 바르다 ┆

＿＿＿＿＿＿＿＿＿＿＿＿＿＿＿＿＿＿＿＿＿＿＿＿＿＿＿

3) ┆ 여자친구 － 주다 － 선물 － 사다 － 백화점에 갔다 ┆

＿＿＿＿＿＿＿＿＿＿＿＿＿＿＿＿＿＿＿＿＿＿＿＿＿＿＿

7 다음의 그림을 보고 대화의 밑줄에 알맞은 표현을 쓰세요.

1) 가: 감기에 걸려서 열이 많이 나는데 어떻게 하지요?

   나: 이 약을 좀 드시고, 집에 가서

   _____

2) 가: 린다 씨, 커피 마실래요?

   나: 아니요. 전에는 마셨는데, 건강 때문에 이제부터는

   안 _____

3) 가: 어떤 집을 찾으세요?

   나: _____ 하숙집을 찾고 있어요.

8 그림을 보고 밑줄에 알맞은 표현을 쓰세요.

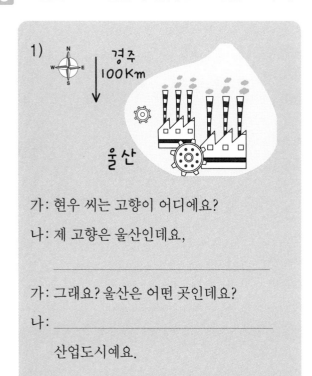

1)

가: 현우 씨는 고향이 어디예요?

나: 제 고향은 울산인데요,

_____

가: 그래요? 울산은 어떤 곳인데요?

나: _____

산업도시예요.

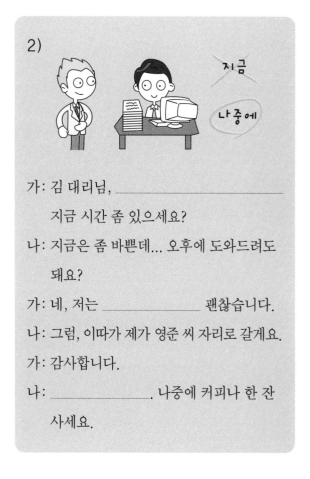

2)

가: 김 대리님, _____

   지금 시간 좀 있으세요?

나: 지금은 좀 바쁜데... 오후에 도와드려도

   돼요?

가: 네, 저는 _____ 괜찮습니다.

나: 그럼, 이따가 제가 영준 씨 자리로 갈게요.

가: 감사합니다.

나: _____. 나중에 커피나 한 잔

   사세요.

9 다음의 문장의 순서를 바꿔 자연스러운 대화를 만드세요.

1) 가 : 지금은 별로 없지만, 처음에는 음식 때문에 고생했어요.

　나 : 아니에요. 아직도 한국말이 어려워서 조금 힘들어요.

　다 : 육 개월쯤 되었어요.

　라 : 크리스나 씨는 한국어를 공부한 지 얼마나 되었어요?

　마 : 그런데 한국말을 아주 잘하네요.

　바 : 한국말 말고 다른 것은 어려운 것이 없어요?

　　　　　　　　　　　　　라 - (　) - (　) - (　) - 바 - (　)

2) 가 : 언제부터 배가 아프셨습니까?

　나 : 체했으니까 오늘은 가능하면 아무 것도 드시지 마세요.

　다 : 어떻게 오셨습니까?

　라 : 어제 저녁을 먹은 다음부터 그랬어요.

　마 : 속이 답답하고 배가 아파서 왔습니다.

　바 : 오늘 점심 때 밥을 먹어도 될까요?

　사 : 그러면 그 음식 때문에 배탈이 난 것 같습니다. 약을 드릴 테니까 드셔 보세요.

　　　　　　　　　　(　) - 마 - (　) - (　) - (　) - 바 - (　)

10 다음을 읽고 질문에 답하세요.

1) 아래의 ㄱ)이 의미하는 것은 무엇인지 아래에 쓰세요.

> 내 고향은 푸껫이다. 깨끗한 해수욕장과 시설이 좋은 호텔들이 많이 있다. ㄱ)그래서 일 년 내내 관광객들이 많이 찾아온다.

　ㄱ) _____

2) 아래의 글의 밑줄에 알맞은 말을 쓰세요.

나는 오늘 이사할 집을 구했다. 창문이 아주 커서 ㄱ) _____. 그래서

불을 켜지 않아도 아주 밝다. 또 지하철역이 가까워서 교통도 ㄴ) _____.

11 다음을 읽고 질문에 답하세요.

준성이 형, 저 영준이에요.

계속 휴대전화를 안 받아서 이렇게 메모 남기는 거예요.

형, 제가 전에 빌려 드린 책 다 읽었어요? 다 읽었으면 저한테 좀 돌려줄 수 있어요?

다음 주에 학교에서 발표가 있는데 그 책이 필요해요.

저는 지금 자료를 찾으러 도서관에 가니까 이 메모 보면 그 책 좀 책상 위에 올려놓아

주세요. 그럼, 부탁드릴게요.

영준 씀

1) 영준이는 왜 준성이 형에게 메모를 남겼습니까?

❶ 도와줄 일이 있어서　　　　　❷ 부탁을 할 일이 있어서

❸ 부탁한 일을 거절당해서　　　　❹ 부탁 받은 일이 있어서

2) 이 메모를 읽은 준성이 형은 어떻게 해야 합니까?

❶ 자료를 찾아준다.　　　　　❷ 빌린 책을 돌려준다.

❸ 발표 준비를 도와준다.　　　❹ 책상 위에 있는 책을 반납한다.

12 다음을 읽고 질문에 답하세요.

한국에 온 지 벌써 1년이 되었다. 고향에서 한국 드라마를 많이 보았는데 드라마 속의 한국이 너무 좋아서 한국에 오게 되었다. 처음에는 한국말만 공부할 생각이었다. 그렇지만 한국 생활이 재미있어서 한국에 더 오래 있기로 했다. 그래서 지금은 한국에 있는 대학원에 입학하려고 이것저것을 준비하고 있다.

그런데 처음부터 한국 생활이 즐거웠던 것은 아니다. 처음 한국에 왔을 때는 길도 모르고 한글도 읽을 수 없어서 밖에 나가지 않고 매일 집에만 있었다. 그 때는 너무 슬프고 계속 어머니 생각만 났다. 그냥 고향으로 돌아가고 싶었다.

하지만 지금은 시간이 많이 지나서 한국 생활에 적응이 되었고 또 한국말을 잘하게 되어서 친구들도 많이 생겼다. 친구들과 함께 여러 가지 한국 문화도 즐길 수 있게 되어서 매일매일 행복하게 지내고 있다. 아직도 한국어 공부가 어려운 것 말고는 다 좋다. 더 ㄱ)한국어 실력이 늘어서 빨리 대학원에 입학할 수 있으면 좋겠다.

1) 위 사람이 처음 한국에 오게 된 이유는 무엇입니까?

❶ 한국 드라마를 보기 위해서　　　　　❷ 한국의 대학원에 입학하기 위해서

❸ 한국에 고향 친구들이 많이 있어서　　❹ 드라마에서 본 한국이 마음에 들어서

2) 밑줄 친 ㄱ)과 의미가 같은 말을 윗글에서 찾아 쓰세요.

_____

_____

3) 이 글을 쓴 사람에 대한 내용으로 알맞지 않은 것을 고르세요.

❶ 처음에는 길을 잘 몰라서 고생을 했다.

❷ 요즘에는 한국 문화를 즐기는 일이 많아졌다.

❸ 전에는 고향으로 돌아가고 싶은 마음이 많이 있었다.

❹ 지금은 한국어 공부를 끝내고 대학원 준비를 하고 있다.

정 답

제1과 자기소개

어휘와 표현 P.14
1 ❷ ⓑ   ❸ ⓔ
  ❹ ⓐ   ❺ ⓕ
  ❻ ⓓ
2 ❶ 법학   ❷ 한국어교육학
  ❸ 경영학   ❹ 일어일문학
  ❺ 동아시아학   ❻ 신문방송학

문법 .... P.18~24
-네요
1 ❶ 회사원이시네요.
  ❷ 한국어 발음이 좋네요.
  ❸ 고려대학교를 졸업했네요.
  ❹ 키가 크시네요.
  ❺ 친구가 많네요.
  ❻ 집이 학교에서 가깝네요.
2 ❶ 잘하네요.   ❷ 바쁘네요.
  ❸ 먹네요.   ❹ 많이 힘드네요.
  ❺ 왔네요.   ❻ 늦었네요.

-고 있다
1 ❶ 병원에서 일하고 있어요.
  ❷ 사회학을 전공하고 있어요.
  ❸ 취직을 준비하고 있어요.
  ❹ 학생들을 가르치고 있어요.
  ❺ 아파서 쉬고 있어요.
  ❻ 이메일을 보내고 있어요.
2 ❶ 우체국에서 일하고 있어요./
     우체국에 다니고 있어요.
  ❷ 의학을 전공하고 있어요.
  ❸ 자동차 회사에 다니고 있어요.
  ❹ 쉬고 있어요.
  ❺ 하고 있어요.
  ❻ 음악을 듣고 있었어요.

-이/가 아니다
1 ❶ 직업이 의사가 아니에요.
  ❷ 친구는 미국인이 아니에요.
  ❸ 동생은 대학생이 아니에요.
  ❹ 고향이 하노이가 아니에요.

❺ 회사 이름이 한국컴퓨터가 아니에요.
❻ 이 가방은 제 것이 아니에요.
2 ❶ 학생이 아니에요.
  ❷ 베이징이 아니에요.
  ❸ 자동차 회사가 아니라 컴퓨터 회사에 다니
     고 싶어요.
  ❹ 병원이 아니라 약국에서 일해요.
  ❺ 기숙사가 아니라 하숙집에 살아요.
  ❻ 목요일이 아니라 금요일이에요.

-이/가 되다
1 ❶ 회사원이 되고 싶어요.
  ❷ 기술자가 되고 싶어요.
  ❸ 번역가가 되고 싶어요.
  ❹ 관광안내원이 되고 싶어요.
2 ❶ 번역가가 되고 싶습니다.
  ❷ 신문 기자가 되고 싶습니다.
  ❸ 점심시간이 되었어요.
  ❹ 좋은 엄마가 될 수 있을 거예요.

말하기 연습 P.25
1 1) 안녕하세요./ 처음 뵙겠습니다.
     만나서 반갑습니다.
  2) 한국학을 전공하고 있어요.
     한국말을 참 잘하시네요.
  3) 베이징이 아니라
     전공하고 있어요.
     되고 싶으세요?

읽기 연습 P.26
1 1) ×   2) ×   3) ○

쓰기 연습 P.27
1 1) (1) 왕몽이에요.
     (2) 상하이에서 왔어요.
     (3) 2007년 북경대학교 국제관계학과를 졸
        업했어요.
     (4) 2008년 고려대학교 대학원 신문방송학
        과에 입학했어요.
     (5) 꿈은 신문기자가 되는 것이에요.
  2) 제 이름은 왕몽입니다. 저는 중국 상하이에
     서 왔습니다. 2007년에 북경대학교 국제관

계학과를 졸업했고 2008년에 고려대학교 대학원 신문방송학과에 입학했습니다. 제 꿈은 신문 기자가 되는 것입니다.

제2과 취미

어휘와 표현
P.30~31

1 ❷ ⓐ　　　❸ ⓓ　　　❹ ⓒ
　　❺ ⓕ　　　❻ ⓔ

2 ❷ 언제나　❸ 거의 안　❹ 가끔
　　❺ 전혀 안

문법
P.32~39

-(으)ㄹ 수 있다/없다

1 ❶ 한국 소설을 읽을 수 있어요.
　❷ 종이비행기를 접을 수 있어요.
　❸ 바이올린을 켤 수 있어요.
　❹ 한국 노래를 부를 수 없어요.
　❺ 재즈 댄스를 출 수 있어요.
　❻ 하모니카를 불 수 있어요.

2 ❶ 독일어를 할 수 있어요.
　❷ 테니스를 칠 수 있어요.
　❸ 할 수 있어요.
　❹ 만들 수 있어요.
　❺ 찾을 수 없어요.
　❻ 빌릴 수 없었어요.

-(으)ㄹ 때

1 ❶ 바쁠 때
　❷ 아침을 먹을 때
　❸ 시간이 많을 때
　❹ 모형자동차를 만들 때
　❺ 날씨가 더울 때
　❻ 시간이 없을 때
　❼ 집에 다 왔을 때
　❽ 학교에 도착했을 때

2 ❶ 날씨가 좋을 때 운동을 해요.
　❷ 날씨가 추울 때
　❸ 아플 때 부모님 생각이 나요.
　❹ 학교에 올 때 뭘 타고 와요?/ 어떻게 와요?
　❺ 밥을 다 먹었을 때 전화했어요.
　❻ 만났을 때 들었어요.

-(이)나

1 ❶ 바이올린하고 첼로
　❷ 축구나 야구
　❸ 북이나 기타
　❹ 텔레비전이나 영화
　❺ 책하고 신문
　❻ 지하철이나 버스

2 ❶ 공원이나 운동장에서 산책을 해요.
　❷ 책이나 신문을 읽어요.
　❸ 수영이나 농구를 해요.
　❹ 기타나 피아노는 칠 수 있어요.
　❺ 바다나 산에 갈 거예요.
　❻ 된장찌개나 김치찌개를 먹고 싶어요.

-기 때문에

1 ❶ 시간이 별로 없기 때문에 운동을 자주 못 해요.
　❷ 요리하는 것을 좋아하기 때문에 집에서 음식을 자주 만들어요.
　❸ 그림을 보는 것을 좋아하기 때문에 시간이 있을 때 전시회에 가요.
　❹ 한국어 공부를 할 수 있기 때문에 한국 드라마를 열심히 봐요.
　❺ 어제는 많이 아팠기 때문에 학교에 못 갔어요.
　❻ 점심을 많이 먹었기 때문에 아직 배가 안 고파요.

2 ❶ 한국어 연습을 할 수 있기 때문에 한국 영화 보는 것을 좋아해요.
　❷ 건강에 좋기 때문에 등산을 자주 해요.
　❸ 회사 일이 바쁘기 때문에 음악회에 자주 못 가요.
　❹ 잠을 못 잤기 때문에 졸려요.
　❺ 방학이기 때문에 여행을 자주 해요.

말하기 연습
P.40

1 1) 컴퓨터 게임을 하는 것이에요./
　　 일주일에 두세 번 해요.
　2) 하모니카를 불어요./
　　 하모니카를 불 수 있어요?
　3) 수영을 해요./ 건강에 좋기 때문에 수영을 해요./ 두 번 수영을 해요.

1 1) ○　　　2) ×　　　3) ×

1 1) 피아노를 쳐요, 음악회에 가요./ 일주일에
　 3번, 일주일에 1번/ 친구

　2) 영준 씨의 취미는 피아노를 치는 것과 음
　 악회에 가는 것입니다. 영준 씨는 일주일
　 에 세 번 피아노를 칩니다. 그리고 일주일
　 에 한 번 음악회에 갑니다. 영준 씨는 친구
　 들과 같이 피아노를 치고 음악회에 갑니
　 다. 영준 씨는 음악회를 열고 싶습니다. 그
　 래서 열심히 피아노를 칩니다.

제3과 날씨

1 **2** f　　　**3** a　　　**4** d
　5 b　　　**6** e

2 **1** 난방을 해요.
　2 세차를 할까요?
　3 길이 미끄러워요.
　4 손이 시려서
　5 나들이를 갑시다(가요).
　6 땀이 나요.

–는/(으)ㄴ

1 **1** 날씨가 좋은 날　**2** 바람이 부는 날씨
　3 저녁을 먹는 시간　**4** 흐린 날씨
　5 친구를 만나는 날　**6** 시험이 있는 달
　7 일본인인 친구　　**8** 가까운 식당

2 **1** 더운 날
　2 젖은 옷
　3 바람이 부는 날
　4 날씨가 좋은 날
　5 운동을 좋아하는 사람
　6 많은 식당

–(으)ㄹ까요

1 **1** 바람이 불까요?
　2 내일도 더울까요?

3 주말에 날씨가 좋을까요?
4 밤에 비가 왔을까요?

2 **1** 날씨가 좋을까요?
　2 눈이 올까요?
　3 더웠을까요?
　4 (영진 씨한테) 연락할까요?
　5 시험이 어려울까요?
　6 소라 씨 남자친구일까요?

–(으)ㄹ 것 같다

1 **1** 내일은 흐릴 것 같아요.
　2 날씨가 맑을 것 같아요.
　3 회사원일 것 같아요.
　4 바람이 불 것 같아요.
　5 내일도 추울 것 같아요.
　6 제주도에도 눈이 왔을 것 같아요.

2 **1** 맑을 것 같아요?
　2 안 추울 것 같아요.
　3 흐릴 것 같아요?
　4 미끄러울 것 같아요.
　5 니콜라 씨일 것 같아요.
　6 (음식을) 다 만들었을 것 같아요.

–아/어/여지다

1 **1** 맑아졌어요.　　　**2** 흐려졌어요.
　3 더워졌어요.　　　**4** 따뜻해졌어요.
　5 습도가 높아졌어요.**6** 어려워졌어요.
　7 커졌어요.　　　　**8** 건강해졌어요.

2 **1** 따뜻해졌어요.　　**2** 추워졌어요.
　3 습도가 높아졌어요.**4** 가까워졌어요.
　5 많아졌어요.　　　**6** 좋아졌어요.

1 1) 비가 오는 날을 좋아해요?/
　　옷이 젖어서 싫어요.
　2) 따뜻해졌지요?/ 따뜻할까요?
　3) 추워졌어요./ 눈이 많이 와요./
　　눈이 많이 올까요?

1 1) ○　　　2) ○　　　3) ×

쓰기 연습
P.58

1 1) 맑은 날, 비가 오는 날/ 예쁜 옷을 입을 수
   있어요, 옷이 젖어요./ 공원에서 산책을 해
   요, 맛있는 음식을 먹어요, 집에서 자요, 텔
   레비전을 봐요.

2) 저는 맑은 날씨를 좋아합니다. 맑은 날에는
   예쁜 옷을 입을 수 있습니다. 저는 날씨가
   맑을 때 공원에 갑니다. 공원에서 산책을
   하고 맛있는 음식을 먹습니다. 그렇지만 비
   가 오는 날씨를 싫어합니다. 비가 오는 날
   에는 옷이 젖습니다. 그래서 비가 오는 날
   에는 집에서 잠을 잡니다. 그리고 텔레비전
   을 봅니다.

제4과 물건 사기

어휘와 표현
P.62~63

1 ❷ ⓑ   ❸ ⓐ   ❹ ⓔ
  ❺ ⓓ   ❻ ⓒ

2 ❷ 귤   ❸ 수박   ❹ 포도
  ❺ 배   ❻ 참외   ❼ 복숭아
  ❽ 사과   ❾ 토마토

문법
P.64~69

✎ -짜리

1 ❶ 3,000원짜리예요.
  ❷ 2,000원짜리예요.
  ❸ 이건 1,000원짜리이고 저건 1,500원짜리예요.
  ❹ 큰 건 12,000원짜리이고 작은 건 8,000원짜
    리예요.

2 ❶ 3,500원어치
  ❷ 3,000원짜리 6,000원어치
  ❸ 5,000원어치
  ❹ 5,400원어치인데
  ❺ 귤 2,500원짜리 7,500원어치하고 사과 800
    원짜리 4,000원어치 샀어요.

✎ -는/(으)ㄴ 것 같다

1 ❶ 큰 것 같아요.
  ❷ 많은 것 같아요.
  ❸ 찾는 것 같아요.
  ❹ 어울리는 것 같아요.

❺ 헐렁한 것 같아요.
❻ 짧은 것 같아요.
❼ 무거운 것 같아요.
❽ 만드는 것 같아요.

2 ❶ 잘 어울리는 것 같아요.
  ❷ 작은 것 같아요.
  ❸ 맞는 것 같아요.
  ❹ 좀 긴 것 같아요.

✎ -(으)니까

1 ❶ 그건 좀 비싸니까
  ❷ 치마가 좀 짧으니까
  ❸ 잘 어울리니까
  ❹ 날씨가 추우니까
  ❺ 오늘은 바쁘니까
  ❻ 학교 앞에 사니까

2 ❶ 집에 많이 있으니까   ❷ 마음에 드니까
  ❸ 작으니까   ❹ 더우니까
  ❺ 바쁘니까   ❻ 먹었으니까

말하기 연습
P.70

1 1) 3,000원짜리이고 작은 건 2,000원짜리예
   요./ 짜리
  2) 4,000원짜리예요./ 8,000원어치 주세요.
  3) 티셔츠를 사고 싶어요./작으니까/마음에
    들어요.

읽기 연습
P.71

1 1) ❸   2) 분홍색 치마

쓰기 연습
P.72

1 1) (1) 캐주얼, 편한 옷, 헐렁한 옷, 밝은 색
    (2) 청바지와 스웨터
    (3) 시장, 인터넷

  2) 수미 씨는 옷을 사고 싶어합니다. 수미 씨
    는 캐주얼을 좋아합니다. 그래서 편한 옷이
    나 헐렁한 옷을 사고 싶습니다. 그리고 어
    두운 색은 별로 좋아하지 않아서 밝은 색을
    사고 싶습니다. 수미 씨가 사고 싶은 옷은
    청바지와 스웨터입니다. 수미 씨는 청바지
    와 스웨터를 시장이나 인터넷에서 살 것입
    니다.

제5과 **길 묻기**

어휘와 표현   P.76~77

① ❷ ⓓ   ❸ ⓔ

    ❹ ⓐ   ❺ ⓒ

    ❻ ⓕ

② ❶ 올라가세요.   ❷ 들어가세요.

    ❸ 건너가세요.   ❹ 내려가세요.

    ❺ 나가세요.   ❻ 돌아가세요.

문법   P.78~84

－(으)면 되다

① ❶ 오른쪽으로 돌아가면 돼요.

    ❷ 횡단보도를 건너면 돼요.

    ❸ 사람들에게 물어보면 돼요.

    ❹ 다음 골목에서 왼쪽으로 돌면 돼요.

    ❺ 1층 식당에서 먹으면 돼요.

    ❻ 소포는 지하 사무실에서 찾으면 돼요.

② ❶ 길을 건너면 돼요.

    ❷ 오른쪽으로 가면 돼요.

    ❸ 휴게실 안으로 들어가면 돼요.

    ❹ 더 가면 돼요.

    ❺ 약국에서 받으면 돼요.

    ❻ 다음에 놓면 돼요.

－아/어/여서

① ❶ 내려가서   ❷ 들어가서   ❸ 돌아가서

    ❹ 건너서   ❺ 붙여서   ❻ 해서

② ❶ 정문을 지나서 왼쪽으로 가세요.

    ❷ 안으로 들어가서 지하로 내려가세요.

    ❸ 지하도를 건너서 2번 출구로 나가세요.

    ❹ 5층에서 내려서 오른쪽으로 쭉 가세요.

    ❺ 자기소개서를 써서 내일까지 사무실에 내세요.

    ❻ 저기에 앉아서 잠깐 쉬세요.

－(으)면

① ❶ 오른쪽으로 가면

    ❷ 왼쪽으로 돌아가면

    ❸ 가는 길을 모르면

    ❹ 마이클 씨 연락처를 알면

    ❺ 우체국에서 소포를 찾으면

    ❻ 커피를 다 마셨으면

② ❶ 육교를 건너가면

    ❷ 지하로 내려가면

    ❸ 안암역에서 내리면

    ❹ 네거리에서 오른쪽으로 돌았으면

    ❺ 내일부터 날씨가 추워지면

    ❻ 어제도 비빔밥을 먹었으면

－지만

① ❶ 학교에서는 좀 멀지만

    ❷ 스타커피숍은 값이 비싸지만

    ❸ 마이클 씨는 미국 사람이지만

    ❹ 이번 여행은 좀 힘들었지만

② ❶ 음식이 맛있지만

    ❷ 이 건물에는 없지만

    ❸ 수영은 잘하지만

    ❹ 어려웠지만

말하기 연습   P.85

① 1) 멀지만

      횡단보도를 건너서 오른쪽으로

   2) 25시편의점에서 만나요.

      삼거리에서 왼쪽으로 가면

      육교를 건너면

   3) 왼쪽으로 가세요.

      쭉 가면

      2층에 스타커피숍이 있어요.

      못 찾으면

읽기 연습   P.86

① 1) ×   2) ○   3) ×

쓰기 연습   P.87

① 1) 약국 앞에 있어요.

   2) 삼거리에서 왼쪽으로 가세요. 그러면 사거리가 나올 거예요. 그 사거리에서 계속 쭉 가세요. 지하철역이 나오면 왼쪽으로 가세요. 그리고 오른쪽으로 가세요. 그러면 라라백화점이 나올 거예요.

   3) 삼거리에서 왼쪽으로 가세요. 그러면 사거리가 나올 거예요. 그 사거리에서 계속 쭉 가세요. 지하철역이 나오면 왼쪽으로 가세요. 그리고 오른쪽으로 가세요. 그러면 라라백화점이 나올 거예요.

종합 연습 I

P.88~95

어휘와 표현

1. 1) ❸   2) ❶   3) ❶
2. 1) ❶   2) ❷   3) ❶
3. 1) ❹   2) ❶   3) ❸
4. 1) ❷   2) ❸   3) ❷
5. 1) 건너오면
   2) 어울릴까요?
   3) 전공한
6. 1) 작년부터 한국대사관에서 일하고 있어요.
   2) 눈이 오는 날씨를 정말 좋아해요.
   3) 늦게 왔으니까 커피를 살게요.
7. 1) ❸   2) ❹   3) ❷
8. 1) 고향이 어디예요?/ 스페인어를 가르치고
      있어요.
   2) 뭘 찾으세요?/ 유행하는 것이에요(유행이
      에요)./ 어울려요(어울리세요).
9. 1) (라) - (가) - (다) - (마) - (나) - (바)
   2) (가) - (사) - (바) - (나) - (라) - (마) - (다)
10. 1) 미끄러워졌습니다.   2) 작은 것 같습니다.
11. 1) 우표를 모으는 것   2) ❷
12. 1) 한국어교육학과 교수
    2) 대학교 때 외국어를 여러 과목 공부했다.
    3) ❸

제6과 안부·근황

어휘와 표현

P.98~99

1. ❶ 이사했어요.
   ❷ 아르바이트를 했어요.
   ❸ 유학을 갔어요.
   ❹ 봉사활동을 했어요.
   ❺ 결혼했어요.
   ❻ 컴퓨터를 배웠어요.
   ❼ 회사를 옮겼어요.
   ❽ 한국 문화를 체험했어요.

문법

P.100~104

-아/어/여

1. ❶ 배워.   ❷ 없어.
   ❸ 살아?   ❹ 가.
   ❺ 안 고파.   ❻ 있어.

-았/었/였

1. ❶ 잤어.   ❷ 쉬었어?
   ❸ 옮겼어.   ❹ 배웠어.
   ❺ 있었어?   ❻ 아팠어.

-(이)야

1. ❶ 면접이야.
   ❷ 졸업이야/ 졸업해.
   ❸ 컴퓨터를 배울 거야.
   ❹ 어디야?
   ❺ 갈 거야?/ 고향에 갈 거예요.

-자

1. ❶ 바다에 가자.   ❷ 차나 한 잔 하자.
   ❸ 같이 공부하자.   ❹ 앉자.
   ❺ 밥을 먹자.   ❻ 영화를 보자.

-지, -(으)ㄹ래, -(으)ㄹ까, -(으)ㄹ게

1. ❶ 마실래?/ 아니, 나는 녹차를 마실래.
   ❷ 바쁘지?/ 아니, 괜찮아.
   ❸ 연락해./ 응, 다음에 연락할게.
   ❹ 앉을까?/ 응, 좋아.
   ❺ 갈까?/ 응, 영화 보러 가자.

말하기 연습

P.105

1. 1) 잘 지냈어./ 있었어./ 아르바이트를 했어./
      나중에 보자.
   2) 잘 지냈어?/ 회사에 취직했어./ 다음에 보자.

읽기 연습

P.106

1. 1) ○
   2) ○
   3) ×

쓰기 연습

P.107

1. 1) 나는 오늘부터 한국어 수업을 시작했어. 방
      학 동안 편의점에서 아르바이트를 했는데
      이번 주부터는 일주일에 세 번 아르바이트
      를 하러 가. 그리고 목요일에는 재즈 댄스
      를 배울 거야. 여러 가지 일을 해서 바쁘지
      만 주말에는 봉사활동으로 일본어도 가르
      칠 거야.

제7과 외모 · 복장

어휘와 표현 ········· P.110~111

1 ❷ ⓓ　　　　❸ ⓐ
　❹ ⓒ　　　　❺ ⓕ
　❻ ⓑ

2 ❶ 키가 작아요.　　❷ 눈이 커요.
　❸ 배가 나와요.　　❹ 얼굴이 네모나요.
　❺ 날씬해요.　　　❻ 잘생겼어요.

문법 ········· P.112~115

✏ -(으)ㄴ 편이다

1 ❶ 체격이 큰 편이에요.
　❷ 좋아하는 편이에요.
　❸ 자주 입는 편이에요.
　❹ 작은 편이었어요.
　❺ 어깨가 넓은 편이었어요?
　❻ 먹는 편이에요.
　❼ 비싼 편이에요.
　❽ 옷이 많은 편이에요.

✏ -(으)ㄴ

1 ❶ 장갑을 낀 사람이에요.
　❷ 모자를 쓴 사람이에요.
　❸ 이현우 씨 옆에 있는 사람이에요.
　❹ 가방을 맨 아이예요.
　❺ 받은 거예요.
　❻ 일본에서 온

✏ -처럼

1 ❶ 농구 선수처럼　　❷ 호랑이처럼
　❸ 모델처럼　　　　❹ 천사처럼
　❺ 영화배우처럼　　❻ 한국사람처럼

✏ ㄹ 불규칙

1 ❶ 사세요?　　❷ 드세요?
　❸ 조는　　　　❹ 아세요?
　❺ 는 것　　　❻ 여니까

말하기 연습 ········· P.116

1 1) 모델처럼
　2) 맨/ 든
　　처럼

3) 넓고
　긴
　비슷한 것 같아요.

읽기 연습 ········· P.117

1 1) ○　　　2) ×　　　3) ○

쓰기 연습 ········· P.118

1 1) (1) 머리, 짧다　　(2) 모자, 쓰다
　　(3) 안경, 쓰다　　(4) 티셔츠, 입다
　　(5) 청바지, 입다　(6) 운동화, 신다
　2) 지민 씨는 머리가 짧고 모자와 안경을 썼습니다. 그리고 청바지와 티셔츠를 입고 운동화를 신었습니다. 지민 씨는 키가 크고 날씬합니다.

제8과 교통

어휘와 표현 ········· P.122

1 ❶ 한 번에 가요?
　❷ 앉아서 갔어요.
　❸ 복잡해요?
　❹ 돌아갔어요.
　❺ 서서 갔어요.

문법 ········· P.123~126

✏ -기는 하다

1 ❶ (종로에 가는 버스가) 서기는 해요.
　❷ (시청까지) 가기는 해요.
　❸ 많이 걷기는 해요.
　❹ (명동에 가는 버스가) 있기는 해요.
　❺ 내일부터 방학이기는 해요.
　❻ 읽기는 했어요.

✏ -는 게 좋겠다

1 ❶ 택시를 타는 게 좋겠어요.
　❷ 걸어가는 게 좋겠어요.
　❸ 버스를 타는 게 좋겠어요.
　❹ 입는 게 좋겠어요.
　❺ 앉는 게 좋겠어요.
　❻ 이야기하는 게 좋겠어요.

–는/(으)ㄴ데

1 ❶ 서는데 ❷ 1호선을 타면 되는데
❸ 가고 싶은데 ❹ 복잡한데
❺ 가수인데 ❻ 전화했는데

–마다

1 ❶ 20분마다 있어요.
❷ 한 시간마다 있어요.
❸ 5분마다 와요.
❹ 휴가 때마다 가요.
❺ 식후 30분마다 드세요.
❻ 주말마다 등산을 해요.

1 1) 실례합니다./ 5분마다 와요.
2) 가기는 해요./ 시청에서 갈아 타야 해요.
3) 지하철을 타세요(타고 가세요)./
5호선을 타세요./ 아니요, 20분쯤 걸려요.

1 1) ×   2) ○   3) ×

1 1) 청구, 광화문역, 30분/
신당, 을지로입구역, 40분
2) 제가 자주 가는 것은 광화문과 명동입니다.
광화문에 갈 때 안암역에서 6호선을 타고
청구역까지 갑니다. 그리고 청구역에서 5
호선을 갈아탑니다. 그리고 광화문역에 내
립니다. 안암역에서 광화문역까지는 30분
쯤 걸립니다. 그리고 명동에 갈 때도 안암
역에서 6호선을 타고 갑니다. 그리고 신당
에서 2호선으로 갈아탑니다. 그리고 을지
로입구역에서 내리면 됩니다. 안암역에서
을지로입구역까지 40분쯤 걸립니다.

제9과 기분 · 감정

1 ❷ ⓐ   ❸ ⓔ
❹ ⓑ   ❺ ⓓ
❻ ⓕ

2 ❶ 긴장돼요.   ❷ 외로워.
❸ 기뻐요.   ❹ 속상해요.
❺ 창피해요.   ❻ 섭섭해.

'—' 불규칙

1 ❶ 슬퍼서   ❷ 바쁘지만
❸ 기뻐   ❹ 나빴어요.
❺ 배가 고픈데   ❻ 썼지만/썼는데

–(으)면서

1 ❶ 운전을 하면서
❷ 과자를 먹으면서
❸ TV를 보면서
❹ 일을 하면서/ 회사에 다니면서

–겠

1 ❶ 슬프겠어요.   ❷ 외롭겠어요.
❸ 창피하겠어요.   ❹ 아프겠어요.
❺ 기쁘겠어요.   ❻ 걱정이 많겠어요.

–지 않다

1 ❶ 아니요, 짜증나지 않아요.
❷ 아니요, 속상하지 않아요.
❸ 아니요, 긴장되지 않아요.
❹ 아니요, 좋지 않았어요.
❺ 좋아하지 않아요?
❻ 외롭지 않았어요?

–(으)ㄹ까 봐

1 ❶ 면접에서 실수를 할까 봐
❷ 어머니가 화를 내실까 봐
❸ 시험 성적이 나쁠까 봐
❹ 마음에 안 들까 봐
❺ 살찔까 봐
❻ 늦을까 봐

1 1) 시험에 떨어질까 봐
2) 속상하겠어요.
음악을 들으면서 커피를 마셔요.
3) 100점을 맞았어요.

기분 좋겠어요.

힘들지 않았어요.

읽기 연습   P.140

1 1) ○   2) ×   3) ×

쓰기 연습   P.141

1 1) 지하철에 장학금이 들어 있는 가방을 두고
내렸어요. 그런데 나중에 가방을 찾았어요.

2) 장학금을 받아서 기분이 좋았어요. 그런데
가방을 잃어버려서 속상했어요. 그렇지만
가방을 찾아서 다시 기분이 좋아졌어요.

3) 나는 오늘 학교에서 장학금을 받았습니다. 그
래서 정말 기뻤습니다. 그런데 집에 돌아올
때 지하철에 장학금이 들어 있는 가방을 두고
내렸어요. 가방과 장학금을 잃어버려서 너무
속이 상했습니다. 그런데 지하철역에서 전화
가 왔습니다. 가방은 지하철역에 있었습니다.
지하철역에서 가서 가방과 장학금을 다시 찾
았고 다시 기분이 정말 좋아졌습니다.

제10과 여행

어휘와 표현   P.144~145

1 ❷ ⓐ   ❸ ⓑ

   ❹ ⓔ   ❺ ⓓ

   ❻ ⓒ

2 ❶ 끝내 줬어요.   ❷ 신기했어요.

   ❸ 감동적이었어요.   ❹ 실망스러웠어요.

   ❺ 이국적이었어요.

문법   P.146~150

✏ **-거나**

1 ❶ 수영을 하거나   ❷ 도자기를 만들거나

   ❸ 학생 할인을 받거나   ❹ 아프거나

   ❺ 키가 작거나

✏ **-(으)ㄴ 적이 있다/없다**

1 ❶ 할인 항공권을 이용해 본 적이 없어요.

   ❷ 멕시코 요리를 먹어 본 적이 있어요.

   ❸ 민박을 이용해 본 적이 없어요.

   ❹ 학생 할인을 받아 본 적이 있어요.

   ❺ 읽은 적이 없어요.

   ❻ 산 적이 있어요?

✏ **-아/어/여 있다**

1 ❶ 닫혀 있어서

   ❷ 서 있어서

   ❸ 모여 있어서

   ❹ 앉아 있는

   ❺ 켜 있어요.

2 닫혀 있어요./ 열려 있어요./ 책을 읽고 있어
요./ 커피를 마시고 있어요./ 옷이 걸려 있어
요.

✏ **-밖에 안/못/없다**

1 ❶ 서울밖에 못(안) 가 봤어요.

   ❷ 한 번밖에 못(안) 가 봤어요.

   ❸ 불고기밖에 못(안) 먹었어요.

   ❹ 교통비밖에 안 썼어요.

   ❺ 박물관밖에 못 갔어요.

   ❻ 2명밖에 없어요.

말하기 연습   P.151

1 1) 가 본 적이 없어요./ 수영을 했어요.

   2) 가 본 적이 있어요?/ 이국적이에요./
패키지상품을 이용해서

읽기 연습   P.152

1 1) ○   2) ×   3) ○

쓰기 연습   P.153

1 1) (1) 제주도, 비행기

     (2) 한라산, 제주 민속박물관, 바다

     (3) 1박 2일

   2) 저는 지난 주말에 제주도에 다녀왔어요. 김포
공항에서 비행기를 타고 제주도에 갔어요. 우
리는 먼저 호텔에 가서 점심을 먹은 후 한라산
을 등산했어요. 한라산에는 눈이 쌓여 있어서
정말 아름다웠어요. 저녁을 먹은 후 제주 시내
를 구경했어요. 토요일에는 오전에 제주 민속
박물관을 구경하고 오후에는 바다를 구경했어
요. 제주도에는 야자수가 서 있어서 정말 이국
적이었어요. 이번 여행은 정말 즐거웠어요.

종합 연습 Ⅱ
P.154~161

1 1) ❷　　2) ❸　　3) ❷

2 1) ❷　　2) ❹　　3) ❷

3 1) 쌓여　　2) 한참 걸릴 것 같아요.
　 3) 정신이 없어요.

4 1) ❸　　2) ❶　　3) ❸

5 1) 짜증났을 것 같아요.
　 2) 오랜만이야.
　 3) 매고 있는(맨)

6 1) 입학시험에 떨어질까 봐 걱정이에요.
　 2) 잠을 두 시간밖에 못 자서 피곤해요.
　 3) 제주도는 야자수가 서 있어서 이국적이에요.

7 1) 먹을 때 텔레비전을 봐요.
　 2) 시험이야.
　 3) 가기는

8 1) 혜화역에서 내려야 돼요./ 10분쯤 걸려요.
　 2) 가 본 적이 있어요./ 눈이 쌓여 있어서

9 1) (나)-(라)-(다)-(가)-(마)-(바)
　 2) (다)-(가)-(사)-(나)-(바)-(마)-(라)-(아)

10 1) 아침에 차가 많이 막힌다.
　 2) 긴장돼서

11 1) ❷　　2) 친구

12 1) ❶　　2) ❷　　3) ❸

제11과 부탁

어휘와 표현
P.164~165

1 ❶ ⓒ　　❷ ⓐ　　❸ ⓕ
　 ❹ ⓑ　　❺ ⓓ　　❻ ⓔ

2 ❶ 도와줄래
　 ❷ 부탁한
　 ❸ 거절했다
　 ❹ 부탁을 들어드렸으면
　 ❺ 부탁을 받으면

문법
P.166~169

✏ -는/(으)ㄴ데
1 ❶ 부탁을 하나 하고 싶은데
　 ❷ 책을 반납해야 하는데
　 ❸ 내일이 시험인데
　 ❹ 번역할 자료가 생겼는데

❺ 내 휴대전화를 안 가지고 왔는데
❻ 지금 비빔밥을 만드는데

✏ -아/어/여 주다
1 ❶ 옮겨 드릴게요.
　 ❷ 번역해 줄게
　 ❸ 고쳐줄게
　 ❹ 들어 줄 수 있어요?/ 들어 주세요./
　　 들어 줄래요?
　 ❺ 빌려 주세요.
　 ❻ 기다려 주세요.

✏ -기는요
1 ❶ 돈이 많이 들기는요.　❷ 무겁기는요.
　 ❸ 바쁘기는요.　　　　❹ 고맙기는요.
　 ❺ 미안하기는요.　　　❻ 어렵기는요.

✏ -(이)든지
1 ❶ 뭐든지　　　　❷ 어디든지
　 ❸ 누구든지　　　❹ 어떻게든지
　 ❺ 얼마든지　　　❻ 언제든지

말하기 연습
P.170

1 1) 고민이 있는데
　 2) 부탁이 있는데
　　 감사하기는요.
　 3) 부탁이 하나 있어.
　　 도와줄 수 있어?
　　 뭐든지
　 4) 도와주실 수 있으세요?
　　 고맙기는요.
　　 사 주세요.
　　 얼마든지/언제든지

읽기 연습
P.171

1 1) (1) ○　　(2) ×　　(3) ×
　 2) 부탁을 할 것이 있어서
　 3) 두 가지
　　 세탁소 아저씨에게 돈 드리는 것, 겨울 옷을
　　 맡기는 것

P.172~173

1. 1) 부모님이 오셔서 공항에 가야 하기 때문에

   2) 세 가지

   3) 현우야. 부탁이 좀 있어.

   오늘 2시 30분에 부모님이 인천 공항에 도착하여서 나는 1시에 기숙사에서 나가야 돼. 그런데 2시에 택배가 올 거야. 그러면 돈을 좀 내 줄 수 있어? 그리고 3시 반쯤에 준선이가 책을 받으러 올 거야. 그러면 준성이에게 내 책을 좀 전해 줘. 이런 부탁해서 미안해. 그리고 기숙사에서 나갈 때에는 꼭 창문 닫고 불 끄고 나가 줘. 알겠지? 고마워. 토마스 씀.

제12과 한국 생활

어휘와 표현   P.176

1. ❶ 하숙집   ❷ 기숙사   ❸ 원룸
   ❹ 고시원   ❺ 한국 친구 집

문법   P.177~180

✎ –(으)ㄴ 지 (시간)되다

1. ❶ 한국어를 배운 지   ❷ 영진 씨를 만난 지
   ❸ 서울에 산 지   ❹ 전화한 지
   ❺ 책을 읽은 지   ❻ 먹은 지

✎ –(으)려고

1. ❶ 한국 문화를 배우려고 (한국에) 왔어요.
   ❷ 졸업식 때 입으려고 (양복을) 샀어요.
   ❸ 듣기 연습을 하려고 (매일 한국 드라마를) 봐요.
   ❹ 부모님께 편지를 보내려고 우체국에 갔다왔어요.
   ❺ 숙제를 물어보려고 전화했어요.
   ❻ 불고기를 만들려고 (고기를) 사왔어요.

✎ –게 되다

1. ❶ 한국어를 잘하게 되었어요.
   ❷ 자주 못 만나게 되었어요.
   ❸ 지내게 되었어요.
   ❹ 이해하게 되었어요.
   ❺ 자주 입게 되었어요.

✎ –기로 하다

1. ❶ 가기로 했어요.
   ❷ (요리를) 배우기로 했어요.
   ❸ 공부하기로 했어요.
   ❹ 계속 살기로 했어요.
   ❺ 수영을 배우기로 했어요.
   ❻ 인도에 가기로 했어요.

말하기 연습   P.181

1. 1) 되려고(되고 싶어서)/ 하게 되었어요.

   2) 한국에 온 지/ 사귀게 되었어요./
      어떤 점이 힘들어요?

읽기 연습   P.182~183

1. 1) ❶   2) ❸

쓰기 연습   P.184~185

1. 1) (1) 6개월

   (2) 한국 대학에 입학하고 싶어서

   (3) 힘든 것도 있고 즐거운 것도 있어요.

   (4) 한국 문화를 더 알고 싶어서 유명한 곳에 자주 갈 거예요.

   2) 저는 한국에 있는 대학에 입학하고 싶어서 한국에 왔습니다. 처음 한국에 왔을 때 한국어를 잘 못하고 한국 음식을 잘 못 먹어서 많이 힘들었습니다, 그렇지만 지금은 한국어 실력도 늘게 되었고 한국 음식도 잘 먹게 되었습니다. 그리고 새로운 친구를 많이 만날 수 있고 한국 문화를 배울 수 있어서 정말 즐겁습니다. 저는 한국 문화를 더 알고 싶습니다. 그래서 유명한 곳에 자주 가기로 했습니다.

제13과 도시

어휘와 표현   P.188~189

1. ❷ ⓑ   ❸ ⓕ   ❹ ⓐ
   ❺ ⓓ   ❻ ⓔ

2. ❶ 유명한 곳이에요.
   ❷ 살기 편해요.
   ❸ 인구가 많아요?
   ❹ 인심이 좋은 편이에요.

❺ 교통이 편리하지요?

❻ 경치가 좋아요?

문법   P.190~194

✏️ **-다/(으)ㄴ다/는다**

① ❶ 많다.   ❷ 산다.

❸ 하노이이다.   ❹ 유명하다.

❺ 생활한다.   ❻ 찾는다.

❼ 있다.   ❽ 걸린다.

❾ 싶다.   ❿ 않는다.

✏️ **-(으)ㄹ 것이다**

① ❶ 많을 것이다. ❷ 여행할 것이다.

❸ 있을 것이다.   ❹ 편할 것이다.

❺ 닫을 것이다.   ❻ 시작될 것이다.

❼ 배울 것이다.   ❽ 어려울 것이다.

✏️ **-았/었/였다**

① ❶ 옛날에는 여기에 작은 호수가 있었다.

❷ 5년 전에 이곳이 환경도시가 되었다.

❸ 내가 어렸을 때는 여기가 복잡하지 않았다.

❹ 90년대 이후 내 고향이 크게 발전했다.

❺ 오래 전에 그곳은 그렇게 큰 도시가 아니었다.

❻ 1976년까지 호찌민의 이름은 사이공이었다.

✏️ **-겠다**

① ❶ 10년 후에 시골로 이사하겠다.

❷ 공기가 좋겠다.

❸ 시간이 많이 걸리겠다.

❹ 관광객이 많겠다.

❺ 부산에 꼭 가 보겠다.

❻ 바람이 많이 불어서 추웠겠다.

✏️ **-다**

① ❶ 청주이다/ 있다/ 아니다/ 유명하다/

지었다/ 변했다/ 좋다/ 좋아질 것이다/

살겠다

말하기 연습   P.195

① 1) 시설이 잘 되어 있어서 살기에

2) 어떤 곳에 살고 싶어요?

인심이 좋은 것 같아요.

3) 많다.

예쁘다.

어울리겠다.

4) 뭐가 유명해요?

고맙기는요.

살기에 편해요.

읽기 연습   P.196

① 1) ❸

2) (1) × (2) ○ (3) ×

3) 늘 복잡하고 사람들이 바쁘게 움직이는 모습이 전부가 아니다.

쓰기 연습   P.197

① 1) 방콕, 태국 서부

2) 태국의 수도이고 정치, 경체, 사회, 문화의 중심지이다. 인구는 820만 명 정도이다.

3) 아름다운 불교 사원과 삼륜 택시, 그리고 코끼리 쇼가 유명하다.

4) 수밧 씨의 고향은 태국 서부에 있는 방콕이다. 방콕은 태국의 수도이고 정치와 경제 그리고 사회와 문화의 중심지이다. 인구는 820만 명 정도이다. 방콕은 아름다운 불교 사원이 유명하고 삼륜 택시와 코끼리 쇼로도 유명하다.

제14과 **치료**

어휘와 표현   P.200~201

① ❷ ⓔ   ❸ ⓐ   ❹ ⓓ

❺ ⓒ   ❻ ⓑ

② ❶ 반창고를 붙이세요.

❷ 주무르세요.

❸ 약을 바르세요.

❹ 찜질을 하세요.

❺ 주사를 맞으세요.

❻ 파스를 붙이세요.

문법   P.202~205

✏️ **-(으)ㄹ**

① ❶ 허리에 붙일 ❷ 찜질할 때 쓸

❸ 졸업식 날 입을 ❹ 같이 살

✏️ **때문에**

① ❶ 화장품 때문에 ❷ 라면 때문에

❸ 신발 때문에   **❹** 요리사이기 때문에

❺ 시험 때문에   **❻** 결혼식 때문에

✎ -(으)ㄹ 테니까

① **❶** 약을 드릴 테니까

❷ 눌러줄 테니까

❸ 약을 사올 테니까

❹ 옮길 테니까

❺ 빵을 먹을 테니까

❻ 할 테니까/ 만들 테니까

✎ 아무 -도

① **❶** 아무 데도   **❷** 아무 것도

❸ 아무도   **❹** 아무 말도

❺ 아무 것도   **❻** 아무한테도

말하기 연습   P.206

① 1) 반창고를 붙이세요.

2) 배탈이 난 것 같아요.

드릴 테니까

3) 코피가 나서 왔습니다.

얼음찜질을 하세요.

아무 데도

4) 소화가 안 되고 토를 해서 왔습니다.

때문에

아무 일도

읽기 연습   P.207

① 1) (1)○   (2) ○   (3) ×

2) 감기에 걸린 수미 씨 - 오렌지 주스를 마신다

설사를 하는 미키 씨 - 배를 따뜻하게 한다

소화가 안 되는 토마스 씨 - 밀가루 음식을

안 먹는다

3) 말을 많이 하지 않고 따뜻한 차를 마신다.

쓰기 연습   P.208~209

① 1) 아침에 일어났을 때 기분이 좋지 않았다.

2) 머리가 아팠다. 그래서 병원에 가서 약을

받았다.

3) 감기약, 열이 많이 날 때만 먹는 약

약을 먹고 얼음찜질을 했다.

4) 토마스 씨는 오늘 아침에 머리가 아파서 기분이 좋지 않았다. 학교에서도 머리가 계속 아팠다. 그래서 오후에 병원에 갔다. 병원에서 감기약하고 열이 많이 날 때 먹는 약을 받아 왔다. 저녁에는 약을 먹고 밤에는 얼음찜질을 하면서 누워서 쉬었다.

제15과 집 구하기

어휘와 표현   P.212~213

① **❶** 안방   **❷** 베란다   **❸** 현관

❹ 부엌   **❺** 화장실   **❻** 거실

② **❶** 방이 어두워요.

❷ 집이 낡았어요.

❸ 햇빛이 잘 들어서

❹ 공기가 잘 통해서

❺ 전망이 참 좋아요.

❻ 시설이 잘 되어 있어요.

문법   P.214~217

✎ -(으)ㄹ까 하다

① **❶** 옮길까 해요.   **❷** 이사를 갈까 해요.

❸ 올까 해요.   **❹** 살까 해요.

❺ 먹을까 해.   **❻** 그만둘까 해요.

✎ -았/었/였으면 좋겠다

① **❶** 딸려 있었으면 좋겠어요.

❷ 조용했으면 좋겠어요.

❸ 쌌으면 좋겠어요.

❹ 집이었으면 좋겠어요.

❺ 잘했으면 좋겠어요.

❻ 여행을 갔으면 좋겠어요.

✎ -만큼

① **❶** 이 방만큼 햇빛이 잘 드는 방은 없을 거예요.

❷ 미리네하숙집만큼 조용한 하숙집은 없을 거예요.

❸ 여기만큼 가까운 원룸을 없을 거예요.

❹ 지난 번 하숙집만큼 교통이 편리해요.

❺ 신축 건물만큼 시설이 좋아요.

❻ 이 방만큼 넓지 않아요.

✎ –에 비해서

1 ❶ 집에 비해서 깨끗해요.

❷ 고시원에 비해서 조용해요.

❸ 하숙집에 비해서 밝고 따뜻해요.

❹ 건물에 비해서 시설이 정말 좋아요.

❺ 방에 비해서 공기가 잘 통해요.

❻ 곳에 비해서 교통이 아주 편리해요.

말하기 연습   P.218~219

1 1) 학교에서 너무 멀고 방이 좀 어두워요.

2) 창문이 커서 공기가 잘 통하고 신축 건물이
었으면 좋겠어요,

3) 교통이 편리한 하숙집이
그 하숙집만큼
가구하고 화장실이 딸려 있었으면

4) 시설이 좋지요?
비해서
쌌으면 좋겠어요.

읽기 연습   P.220

1 1) ❶

2) (1) ×   (1) ○   (1) ○

3) 매일 다른 메뉴로 맛있는 아침과 저녁을 준
비해 주기 때문에

쓰기 연습   P.221~222

1 1) 책상, 의자, 침대, 옷장

2) 화장실

3) 가구와 화장실이 딸려 있다.
교통이 편리하다.
신축 건물이다.
주변에 식당이나 가게가 많다.

4) 책상, 의자, 침대, 옷장 같은 가구와 화장실
이 딸려 있어요. 그리고 지하철역에서 걸어
서 5분 거리이고 버스정류장도 근처에 있
어요. 그래서 살기에 아주 편리해요. 또 주
변에 식당과 가게도 많아서 정말 편해요.
한 달에 50만 원인데 식사는 제공하지 않아
요. 참, 신축건물이라서 깨끗하고 시설도
좋아요.

종합 연습 Ⅲ   P.224~231

1 1) ❶   2) ❹   3) ❷

2 1) ❸   2) ❷   3) ❸

3 1) 설명해 드릴게요.

2) 인심이 좋아서

3) 공기가 잘 통해요.

4 1) ❶   2) ❸   3) ❸

5 1) 갈

2) 왔으면 좋겠어요.

3) 기다려 주세요.

6 1) 한국에 온 지 6개월 되었어요.

2) 여드름 약을 드릴 테니까 하루에 세 번 바
르세요.

3) 여자친구에게 줄 선물을 사러 백화점에 갔
어요.

7 1) 얼음찜질을 하세요.

2) 마시기로 했어요.

3) 가구하고 화장실이 딸려 있는

8 1) 경주에서 남쪽으로 100km 쯤 떨어져 있어요.
공장이 많은

2) 부탁이 있는데
언제든지
감사하기는요

9 1) 다, 마, 나, 가

2) 다, 가, 라, 사, 나

10 1) 깨끗한 해수욕장과 시설이 좋은 호텔이 많
이 있어서

2) ㄱ) 햇빛이 잘 들어온다, ㄴ) 편리하다

11 1) ❷

2) ❷

12 1) ❹

2) 한국말을 잘하게 되어서

3) ❹

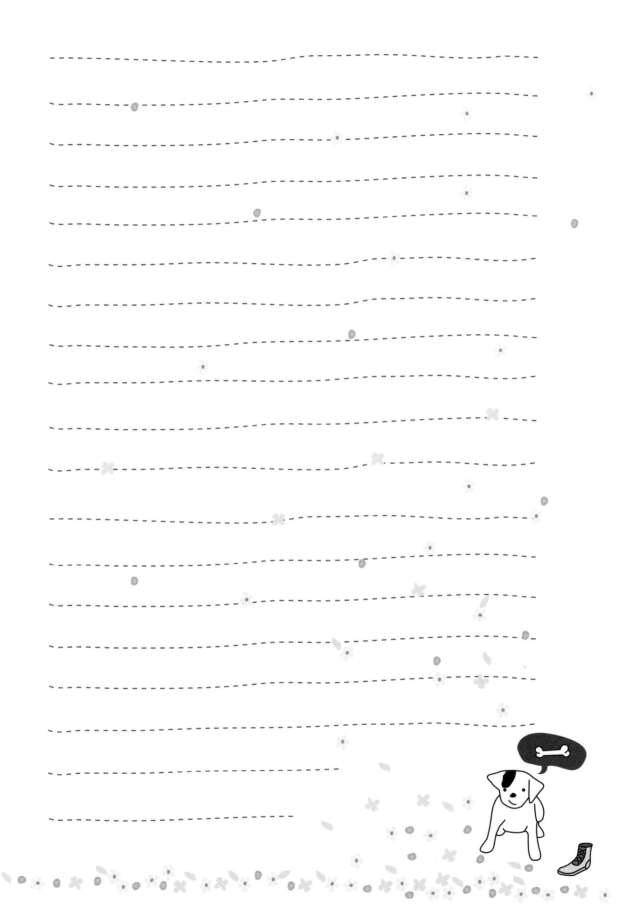

外語學習系列 07

高麗大學韓國語 ❷
Workbook

編著｜高麗大學韓國語文化教育中心、李東恩、李俊昊、李裕景

翻譯、審訂｜朴炳善、陳慶智・責任編輯｜潘治婷・校對｜朴柄善、陳慶智、潘治婷

內文排版｜余佳憓

瑞蘭國際出版

董事長｜張暖彗・社長兼總編輯｜王愿琦

編輯部

副總編輯｜葉仲芸・主編｜潘治婷

設計部主任｜陳如琪

業務部

經理｜楊米琪・主任｜林湲洵・組長｜張毓庭

出版社｜瑞蘭國際有限公司・地址｜台北市大安區安和路一段104號7樓之1

電話｜(02)2700-4625・傳真｜(02)2700-4622・訂購專線｜(02)2700-4625

劃撥帳號｜19914152 瑞蘭國際有限公司・瑞蘭國際網路書城｜www.genki-japan.com.tw

法律顧問｜海灣國際法律事務所　呂錦峯律師

總經銷｜聯合發行股份有限公司・電話｜(02)2917-8022、2917-8042

傳真｜(02)2915-6275、2915-7212・印刷｜科億印刷股份有限公司

出版日期｜2013年09月初版1刷・定價｜350元・EAN｜4712477100379
　　　　2022年09月三版1刷

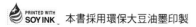 本書採用環保大豆油墨印製